U0113493

国家出版基金项目
NATIONAL PUBLICATION FOUNDATION

"十三五"国家重点出版物出版规划项目

"创新报国 70 年"大型报告文学丛书

中国科学院 中国作家协会 中国科学技术协会 联合组织创作

国事橡胶

薛媛媛 著

浙江教育出版社·杭州

指导委员会、编辑委员会成员名单

指导委员会

主　任：白春礼　钱小芊

副主任：侯建国　白庚胜　谭铁牛　徐延豪　王春法

委　员：袁亚湘　杨国桢　万立骏　陈润生　周忠和

　　　　林惠民　顾逸东　康　乐　崔　鹏　郑　度

　　　　安芷生　万元熙　王扬宗　樊洪业

编辑委员会

主　编：侯建国

副主编：周德进　彭学明　郭曰方　郭　哲

编　委：冯秋子　王　挺　徐雁龙　范党辉　孟令耘

　　　　孟英杰　潘亚男　郑培明

项目组成员

周德进　徐雁龙　孟令耘　孟英杰　赵　耀　马　强

王紫涵

今年是中华人民共和国成立70周年。70年时间，在历史的长河中如白驹过隙，但在中华民族的历史上却是浓墨重彩。中国人民在中国共产党的领导下，从苦难深重的旧中国站起来，在一穷二白的条件下富起来，在百年未遇的变局中强起来，中国特色社会主义事业取得了一个又一个巨大成就。

成立于1949年11月1日的中国科学院，始终与祖国同行、与科学共进——70年来，在党中央、国务院的坚强领导下，几代科学院人不懈努力、顽强拼搏，始终以"创新科技、服务国家、造福人民"为己任，为我国经济发展、社会进步、国家安全等诸多方面做出了重大贡献，成为党、国家、人民可以依靠和信赖的国家战略科技力量。70年峥嵘岁月，中国科学院产出了一大批创新报国的科研成果，涌现出一大批创新报国的先进代表和典型事迹，几代中国科学院人共同谱写了创新报国的华彩乐章。

"创新报国"是中国科学院的优良传统。无论是1965年在世界上首次人工合成牛胰岛素，抑或1988年北京正负电子对撞机首次对撞成功，还是2017年构建天地一体化广域量子通信网络，中国科学院人创新报国矢志不渝。以北京正负电子对撞机为例，邓小平在参观北京正负电子对撞机国家实验室时指出："任何时候，中国都必须发展自己的高科技，在世界高科技领域占有一席之地……高科技的发展和成就，反映了一个国家和民族的能力，也是一个国家兴旺发达的标志。"北京正负电子对撞机的建成，奠定了我国在粒子物理学领域的国际领先地位，是继"两弹一星"之后，我国在高科技领域的又一重大突破性成就。党的十八大以来，习近平总书记始终把创新摆在国家发展战略全局的核心位置，指出"科技是国家强盛之基，创新是民族进步之魂"。中国科学院发扬创新报国的优良传统，不辱使命，再立新功，从"中国天眼"、散裂中子源等重大科技基础设施，到"悟空"号暗物质探测器、"墨子"号量子实验卫星、"慧眼"硬X射线调制望远镜卫星等系列科学实验卫星，再到铁基高温超导、多光子纠缠、中微子振荡新模式、水稻分子育种、量子反常霍尔效应等基础前沿重大创新成果，都充分体现了国家战略科技力量的使命担当和实力水平。

"创新报国"是中国科学院人科学精神的集中体现。无论是扎根边疆、献身植物科学研究的蔡希陶先生，坚持实地调研、重视一手资料的地理学家周立三院士，还是时代楷模"天眼"巨匠南仁东先生、药理学家王逸平先生，他们都用毕生的科学实践诠释了求实、创新、奉献、爱国的科学精神。以南仁东先生为例，为了给"天眼"选址，他跋山涉水，在贵州的深山里奔波了12年；身为项目首席科学家兼总工程师，他淡泊名利，长期默默无闻工作在一线。我们要珍惜这些宝贵的精神财富，大力弘扬他们在科研工作中体现出来的科学精神和专业精神，营造良好的创新文化氛围，推动创新文化建设，增强广大科研工作者的历史使命感和责任感。

"创新报国"是中国科学院科学文化的核心理念。科学文化是影响创造性科研活动最深刻的因素，是科学家创造力最持久的内在源泉。基础研究和原始创新要求科学家具有勇于探索、敢为人先的创新精神，严谨认真、锲而不舍的治学态度，无私忘我、甘于奉献的崇高人格，不辱使命、至诚报国的伟大情怀。中华人民共和国成立之初，百废待兴、百业待举。竺可桢、吴有训等一批饱经战火洗礼的爱国科学家毅然选择留在新中国；赵忠尧、钱学森、郭永怀等一批优秀科学家纷纷放弃海外优厚的生活条件，克服重重阻挠回到祖国。在当时十分艰苦的条件下，他们以高度的爱国热忱投身于新中国的科技事业，积极参与新组建的中国科学院的建设，研制"两弹一星"，制定"十二年科技规划"等，使新中国许多空白领域得到填补，新兴学科得到发展。中国科学院70年的奋斗历程，始终依靠的就是这种文化和精神，我们必须珍视和弘扬。

"创新报国"对新时期我国科学文化建设具有重要意义。科学文化本质上是一套行为准则、社会规范和价值体系，包含科学知识、科学方法、科学思想、科学精神等方面。一方面，"创新报国"已经内化为我国科学文化的一部分。"服务国家、造福人民"不但是广大科技工作者的历史使命和社会责任，也是科技工作的出发点和落脚点。另一方面，科技工作者在具体的创新活动实践中，不断深化和丰富了科学文化的内涵。他们所取得的面向世界科技前沿、面向国家重大需求、面向国民经济主战场的创新成果，帮助我们进一步坚定了民族自信和文化自信，为科学文化建设提供了强有力的科技支撑。

五年前，出于提高全民族科学文化素养的共同责任，中国科学院、中国作家协会、中国科学技术协会前瞻性地部署了"创新报国70年"大型报告文学丛书项目，目的是聚焦"创新报国"的主题，回顾我国70年重大创新成就，展现杰出科技工作者群体风貌，倡导科学精神、奉献精神和创新精神，弘扬爱国主义、集体主义和理想主义。

五年时光，倏忽而逝。这期间，作家舟车劳顿、深入基层采风，审读专家埋首伏案、逐字逐句精心审读，中国科学院研究所同志翻检档案、提供支撑保障，中国作家协会、中国科学技术协会、中国科学院机关和工作团队的同志们鼎力支持、居间协调，浙江教育出版社的同志仔细审稿、严控质量。几许不眠夜，甘苦寸心知。而今，"创新报国70年"大型报告文学丛书首批作品即将付梓与读者见面，相信这批融合了科学与文化、倾注了心血与智慧的作品，这套向历史致敬、向时代献礼的报告文学，能让我们重温激情燃烧、砥砺奋进的70年岁月，进一步坚定执着前行、无悔奋斗的信念，去努力实现建成世界科技强国的美好梦想。

中国科学院院长、党组书记
白春礼
中国科学院学部主席团执行主席

2019年6月

目录

序章

一、人类史上的重大发现

当你驾车上班，或驱车外出旅游，车子载着你在地上跑动的时候，你知道车子靠什么移动吗？

轮胎。

大家都知道，四个轮胎载着车身在地上滚动。

然而，轮胎是什么材料做的？

橡胶。

大家都知道，轮胎是橡胶做的。

橡胶这种再平凡不过的材料，在当今世界，人们却离不开它。从你脚上穿的一双胶鞋，到你家用的一根电线，小到一块橡皮，大到你无法想象的卫星、工业大车场等等，都离不开橡胶。橡胶在战略装备、高科技研发、工业建设等方面，都起着不可缺少和不可忽视的作用。

当你看到加加林遨游太空、"阿波罗"号登月、"奋进"

号在茫茫宇宙中自由往返，你一定没有想到，橡胶在航天服和航天器特殊零件的制造环节中发挥了重要作用。橡胶制成的导电线缆能顺利传输电力；橡胶制成的传动带和输送带，能使一台母机带动一组工作子机，形成生产流水线；橡胶制成的浮沉胶管，能使巨轮无须泊岸就可装卸石油；橡胶制成的活动水坝，能使水利、航道、港口的建设顺利进行；橡胶制成的飞机轮子，才能经受住着陆时产生的巨大冲击力；水库使用的排灌机都需依赖橡胶来完成作业。

在人类近代史上，无论你处在哪个年代，你都可能用到橡胶。在地球上，无论你站在地球的东方、南方、西方还是北方，你都能接触到橡胶。在人群中，无论你是黄皮肤、白皮肤还是黑皮肤，只要你睁开眼睛，都能看到橡胶。你会发现橡胶无处不在。

地上的汽车、天上的飞机、海上的轮船、田野里的拖拉机等，都依靠橡胶做轮子。随着汽车产量的快速增长，用于制造汽车轮胎的橡胶数量也渐渐变成了天文数字。当你看到路上奔跑的汽车，连在一起就像一条看不到头的巨龙，你会感到，就像进入了一个轮子的世界，现代社会就像一个建立在轮子上的社会。

然而，人类在若干年前并不知晓橡胶，也没有"橡胶"这个词。

人类从不知道有橡胶的存在到进入橡胶年代，中国从靠国外进口橡胶到自己种植橡胶、研制橡胶，都经历了一个多世纪。

天然橡胶是由橡胶树流出的胶液凝固而成的。

最早生长在亚马孙河流域的橡胶树，当时人们认为它们只是热带雨林中的一种野生植物，一种与其他无数野生植物没有区别的野树，它们在大地上静静地生、无声地长，自生自灭。直到今天，茫茫的亚马孙热带丛林中还自生自灭地生长着 5000 多万棵野生橡胶树。

追根溯源，在亚马孙河流域的热带雨林，印第安土著枕河而居，亚马孙丛林便成了印第安土著打猎、聚会、男女追逐爱情的圣地。一个阳光明媚的午后，印第安土著在亚马孙丛林聚会狂欢。一对热恋中的男女青年，他们拉着手，悄悄离开人群，躲到一棵大树下亲热，男青年的身体不经意间蹭破了树皮，即刻，树干流出白色液体，一滴一滴，源源不断。

男青年惊叫道："你看，树在流泪，树的眼泪！"

女青年惊叫道："你看，像母亲的乳汁！"

那些狂欢中的印第安土著听到惊叫声，跑了过去，围着树前前后后看，想看个明白。

男青年出于好奇，将白色液体用双手接住，均匀地涂抹到腿部、手臂，接着又将其涂抹到身体的其余部位。当他变成一个"白人"的时候，其他印第安土著觉得男青年这样做很好玩，纷纷仿照男青年，用双手接住树上的白色液体，将其涂抹到身体各个部位，于是大家都变成了"白人"，在丛林中追逐、嬉戏。当印第安土著一个个精疲力竭，倒在丛林中休息时，发现白色液体就像一层皮凝固在身上。印第安土著正准备撕下身上这层"皮"时，天空突然下起雨，印第安土著便拼命往家跑。当印第安土著跑到家，再撕下这层“白皮”时，让他们惊讶的是，他们的身子居然没有湿，脚也是干的。他们再次拿起这层“白皮”仔细观察，发现这层“白皮”结构严密，就像一件不湿身的雨衣和一双不湿脚的靴子。

当印第安土著确认这是一件不湿身的雨衣和一双不湿脚的靴子时，他们欣喜若狂。他们把这种乳汁称为“橡胶”，流出乳汁的树，叫作橡胶树。

之后，聪明的印第安土著把树上的白色液体凝固，做成柔软的斗篷。那个时期，只要是雨天，印第安土著就戴着白色斗篷，穿着白色靴子出门，走在路上就像一朵朵流动的白云。

有一天，聪明的印第安土著把橡胶树流出来的凝固的白色液体搓成一个小砣，一松手，小砣在地上蹦起很高，这个现象又让他们惊喜不已。于是印第安土著把凝固的白色液体做成一个个小白球，一时间，亚马孙河两岸的热带丛林中，到处是玩小白球的印第安土著。

在橡胶林相互抛小白球，变成了印第安土著的一种聚会游戏。后来，印第安土著在亚马孙河相互抛小白球不再只是一种聚会的游戏，还演绎成了一种传递爱情的方式。当男方向女方抛出小白球，女方接住小白球，又转向男方抛回小白球时，表明双方有意，他们就会来到橡胶林谈情说爱。如果男方向女方抛出小白球，女方没有接，或没有抛回小白球，说明女方没有看上男方；男方也不悲伤，转身向另一女子抛小白球，直到有女子回应，男方接到女子抛回的小白球为止。

1493年，西班牙探险家哥伦布率领西班牙船队去南美洲探险，当他的船队踏上南美洲时，正遇上亚马孙河流域的狂风暴雨。当哥伦布发现他和他的水手们脚上的牛皮靴和羊皮斗篷开始发霉，而印第安土著穿着薄而合脚的白色靴子、戴着柔软的白色斗篷在雨中行走，身子却一点都不湿时，哥伦布大声喊："奇迹！奇迹！"

后来他又看到戴着鸟翎头饰的印第安土著，在亚马孙热带丛林的亚马孙河旁，跳着土风舞，穿着彩色服饰，互相抛着小白球，此起彼伏，场面十分壮观。

哥伦布又大声喊道："美！美！太美了！"

哥伦布急忙跳下船，跑到亚马孙河旁，学着印第安土著的样子，跳起土风舞。当印第安土著欢快地向哥伦布抛出小白球时，他没有接住，小白球掉到了地上。哥伦布发现小白球掉到地上的那一瞬间，会跳起很高。

他惊奇地喊："怎么会跳？怎么会跳？"

哥伦布不用弯腰，等小白球再跳起来时接住了小白球。他用手捏了捏小白球，小白球黏稠而柔软，发出一股浓浓的烟熏味。他说了句"有意思"，便把小白球装进口袋，跟着西班牙船队继续探险之旅。之后，小白球被他带回了西班牙，并被西班牙国家博物馆收藏。

1693年，法国科学家拉康达带考察队奔赴南美洲考察，当他看到印第安土著用橡胶做成祭品祭祖时，他们把印第安土著的祭品带回欧洲进行研究，发现橡胶黏液可以用于物品的密封。

1736 年，法国人 C. 孔达米纳参加了法国科学院组织的赴南美探险活动。在发现亚马孙热带丛林的橡胶树流出白色液体后，他在亚马孙热带丛林里住了下来，进行深入考察。他把胶样寄回巴黎，并著有《南美洲内地旅行纪略》，在此书中他详细描述了橡胶树的产地、印第安土著采集乳胶的方法，并展示了印第安土著用橡胶做成的雨衣、雨鞋和祭品。经研究他得出结论，橡胶树流出的白色液体可固化为具有弹性的物质。

这部书的出版引起了欧洲人的广泛注意。

二、橡胶拉动汽车产业

1839 年，美国化学家查理·固特异在做实验时，无意间把装有橡胶和硫磺的罐子丢在了炉火上，橡胶和硫磺受热后熔化、流淌在一起，形成块状胶皮，从而无意间发明了制作橡胶的硫化法。固特异这一偶然的行为，发明了实用的硫化橡胶，解决了生胶变黏、发脆的问题，使橡胶具有较高的弹性和韧性，扫除了橡胶应用上的一大障碍。他用硫化橡胶制成世界上第一双橡胶防水鞋后，又开始生产胶布、胶鞋、胶管、胶板等一系列日用品。

橡胶硫化对推动橡胶的应用起到了关键作用，它是橡胶制造业上的一项重大发明，使橡胶开始进入工业实用阶段，成为一种真正的工业原料，代表着橡胶工业开始成型。

从此，橡胶开始带着传奇色彩走进世界工业和人类生活。

1845 年，英国工程师 R. W. 汤姆森在车轮周围套上了一根合适的充气橡胶管。他首次提出了充气轮胎的设想，并获得了这项设备的专利。这对于几千年来人们使用木制轮子车这一传统来说，是一大科学进步。

1888 年，英国人 J. B. 邓禄普制造出世界上第一条充气自行车胎。到 1890 年，轮胎被正式用在自行车上。

尽管橡胶是一种柔软而易破损的物质，但却比木头或金属更加耐磨。橡胶的耐用、减震等性能，加上充气轮胎的巧妙设计，使乘车的人觉得比以往任何乘车的时候都更舒适。

1895 年，世界上第一辆充气轮胎汽车问世。随后，蒸汽机上使用了橡胶垫圈，橡胶被制造成气球、胶带、充气船垫等。

从学习印第安土著用橡胶制作雨衣、雨鞋、祭品，到在蒸汽机上使用橡胶垫圈，橡胶被制造成气球、胶带、充气船垫，欧洲人发现了橡胶的巨大商业价值。

就这样，橡胶，首先成了汽车生产的重要工业原料。汽车工业拉动橡胶需求，随着橡胶需求急剧上升，一时间，橡胶树的种植使获取巨额利润成为可能。

看到垄断汽车轮胎生产带来的巨额利润，福特打算建立全球最大的橡胶园，通过垄断橡胶来垄断整个汽车轮胎生产。他在贝伦城附近建了一座橡胶种植园，但没有成功，然而他没有放弃，又建起第二座橡胶种植园，可惜的是他又没有成功。

人们没有因为福特的不成功而放弃，反而更加疯狂地追逐种植橡胶带来的利润。随着汽车工业时代的到来，对橡胶需求巨大，导致橡胶价格飙升，这也使无数的冒险家蜂拥至橡胶的原产地——巴西。

那是一段疯狂的时期，从巴西亚马孙河口开始一直到雨林深处，绵延几千公里，野生的橡胶树下到处都是胶碗、胶管，到处都是散发着恶臭的生胶作坊。森林地带新建了铁路，亚马孙河上的航运公司运送着割胶工人和生胶制品。无数的运胶船从远方驶来，巴西的马瑙斯城也因橡胶几乎一夜暴富，成为当时一座辉煌富有的城市。人们称那一段辉煌时期为"橡胶时代"。

然而，马瑙斯城的辉煌并未如汽车工业那么旷日持久。

伴随橡胶用途的不断开发，巴西雨林的野生橡胶产量很快达到极限，但显然年产 4 万吨这个极限产量不能满足欧洲工业飞速发展的需求。英国政府急于开发东方殖民地，打算寻找一种适合在印度、斯里兰卡、新加坡等殖民地栽培的植物。英国药学会博物馆馆长詹姆斯·柯林斯请求那些前往巴西的旅行者搜集资料。1873 年，第一批 2000 粒橡胶树种子被运到伦敦的皇家植物园，但只成功培育出 12 株幼苗，其中的 6 棵小树被小心翼翼地护送到印度的加尔各答，但小树不适应当地气候，很快就死了。

这时，人们才发现橡胶树栽培的地理位置要在纬度更低一些的地方。

发现橡胶树栽培的地理位置要在纬度更低的地方后，1876 年，有个叫魏克汉的英国人，不惧层层风险，克服种种阻碍，九死一生，从亚马孙热带丛林采集了 7 万粒橡胶树种子。可是

这 7 万粒种子中只有 2700 粒种子发芽出苗，到最后只有 1900
株苗被他移植到斯里兰卡的帕登里亚植物园。

之后，橡胶树又从斯里兰卡的帕登里亚植物园被移植到新
加坡，又从新加坡被移植到马来西亚、印度尼西亚。这时的橡
胶树，遍及英国殖民地的皇家植物园，极大地推动了东南亚、
南亚殖民地橡胶树的种植进度和橡胶园的建园规模。荷兰、法
国殖民者，也竞相在印度尼西亚、越南等地建起大批橡胶园。

三、橡胶，推动世界贸易齿轮的转动

建立橡胶园的时代正处于战争年代。当热兵器战争步入机械化战争时，橡胶成为不可缺少的重要战略资源。在第一次、第二次世界大战中，天上飞的飞机，地上跑的汽车、坦克，各种机械化武器，都用上了橡胶。当橡胶成为各个国家不可缺少的物资时，巴西雨林的橡胶就这样登上世界经济舞台，推动着世界贸易齿轮的转动。

《大英百科全书》第 10 版记载道：橡胶树仅仅生长在界线分明的热带地区。南纬 10 度到北纬 17 度以外的地区被划为种植橡胶的禁区。

所谓的西方权威专家对橡胶树种植条件的界定是：橡胶树这一热带雨林树种，对生长环境的要求十分严格，它具有高温、高湿、静风的植物特性。橡胶树只适合在南、北纬一定纬度以内的热带地区种植。

中国，即使是最南端的海南岛，也处于北纬 17 度线以北。

如果这个判断是正确的，那么整个中国，都在橡胶种植禁区之内。

如果这个论断是科学的，那么，还有许多国家和地区都无法正常种植橡胶树。

橡胶应该是人类共同的资源。人类需要橡胶，因此必须种植橡胶树。然而，转动着的地球并不是哪里都能种植橡胶树。西方野心家一边说中国是种植橡胶树的禁区，一边封锁、控制橡胶流入中国。中国在严控之下，费尽周折，用20吨大米也难从国外换回1吨天然橡胶。

橡胶是各个国家不可缺少的物资，尤其对人口众多的中国，更不可缺少。1949年，在中国偌大的土地上，只有海南岛冲破禁区，勉强开发出了2800公顷的小型橡胶园，年产干胶仅为199吨。这些橡胶虽然给当时的中国带来希望，但就整个工业建设来讲，这个数量微乎其微，对当时人口众多的中国来说，连做鞋子都不够。

四、我们国家缺橡胶

当时的中国在橡胶、钢铁、煤炭、石油四大工业原料中，橡胶产业仅靠海南岛这点天然橡胶。有中央领导比喻，我国工业生产如打牌：三缺一，缺什么？缺橡胶。

我们的国家缺橡胶，就只能靠国外进口。而时任美国国务卿杜勒斯在 1950 年 12 月公开宣布：根据美国国家安全委员会"68号 IVSC-G8 决议案"，美国政府决定，对中国进行橡胶经济封锁和全面禁运。

那时正值朝鲜战争爆发，我国抗美援朝，前方飞机、大炮、汽车以及军用胶鞋的制造急需橡胶，后方物资运输、医疗卫生及工农业生产也急需橡胶。这就造成了四面八方都向中央伸手要橡胶的局面。局势十分紧张，就在这紧要关头，法国巴黎却成立了所谓的国际统筹委员会，把橡胶禁运扩展为针对整个东方世界的共同行动。英国与东南亚各国加强了对中国橡胶禁运的力度，使橡胶这一重要战略物资跟中国断绝了来往，中国再也别想从国外获得橡胶。

对于长期依赖橡胶进口，却又遭受西方各国封锁和垄断的中国，由于不能从国外获得橡胶，国防建设和人民安全直接受到威胁，百废待兴的新中国，遇到了首要的难题，这一难题也就成了新中国首先需要解决的问题之一。

橡胶从哪里来？

这一难题直接考验着刚刚诞生的中华人民共和国。

为了打破西方各国对橡胶的封锁和垄断，中国唯一的出路，就是尽快种出自己的橡胶树。

中央第一时间把种橡胶树放到首位，将它作为一项关乎国计民生的头等大事来抓。

1951 年 5 月，时任中共中央政治局委员、中华人民共和国政务院第一副总理兼国家财政经济委员会主任陈云在一次讲话中明确指出：橡胶是战略物资，从朝鲜战争以来就不能进口了。海南岛可以种橡胶树，但是数量极小，中国别的地方也有宜于种橡胶树的，产量虽然不像海南岛那样高，但比没有强。中国人民迫切需要橡胶啊！

根据“中国别的地方也有宜于种橡胶树的，产量虽然不像海南岛那样高，但比没有强”这一指示，政府立即组织专家考察团，研究中国哪些地方可以种橡胶树。中央林业部委派蔡希陶、宋达泉等专家勘察，经过几个月跋山涉水，终于发现云南这块宝地可以种橡胶树。党中央当即做出重大决策：把云南作为海南岛外的中国第二橡胶基地。

云南地广人稀，作为中国第二橡胶基地，需要大量人手前去支援。于是，党中央发动全国大支边，开发中国第二橡胶基地。支边的人来自五湖四海，光湖南就去了 5 万多人。当年云南的西双版纳州、红河州、德宏州到处都是举起锄头开荒种橡胶树的人。

中国以举国之力开垦种橡胶树，可是橡胶树不像橘树、桃树、苹果树一类果树，栽两三年就能看到果实，橡胶树栽得好的也要七八年才能流出胶液。七八年啊！而中国急需橡胶，人们的日常生活用品、战争物资和重大科技设备都在伸手要橡胶，七八年的时间实在有些遥远而漫长。

就在中国急需橡胶，西方对我国进行橡胶封锁，中国天然橡胶生产微乎其微，种橡胶树的时间显得遥远漫长，中国举步维艰的时候，顺丁橡胶应运而生。

顺丁橡胶为中国橡胶事业的大发展创造了一个至关重要的契机。

顺丁橡胶不仅从化学组成、立体结构方面来看都与天然橡胶相似，它的物理、机械性能也接近天然橡胶。天然橡胶受地理、时间等条件限制，但顺丁橡胶不受地理和时间限制，它具有流程短、消耗额低、产品纯度高等优势。在国家就算耗费相当于 3 亿多元人民币的外汇也搞不到每年所需的进口天然橡胶时，需要用顺丁橡胶替代天然橡胶，因此研制顺丁橡胶成为中国迫切要做的一件大事。

第一章　国家大事

Chapter One

一、周恩来亲批11个化工项目

1953年，新中国刚成立四周年，国家的工业、农业、国防及科研正处在上升和发展阶段，党中央和国务院制定国民经济第一个五年计划。毛泽东主席在第一个五年计划中提出：要学习先进的科学技术来建设我们的国家，向科学进军。

毛泽东主席代表党中央提出了"向科学进军"的口号。

"向科学进军"成为当时新中国科学的最强音。十年后，周恩来在政府工作报告中提出：我们要实现工业现代化、农业现代化、国防现代化和科学技术现代化（简称"四个现代化"）。要把中国建设成为一个社会主义强国，关键在于实现科学技术现代化。

1956年，中央制定《1956—1967年科学技术发展远景规划纲要(草案)》，充分注意科学技术发展的新趋势，结合国家经济建设和国防建设，拟定出57项重点任务和发展计算技术、无线电技术、核科学、喷气技术、半导体和自动化技术等六项紧急措施。

1956 年，中国成立了第一汽车制造厂，第一批"解放"牌载重汽车试制成功，这是新中国第一个汽车工业基地，结束了中国不能制造汽车的历史。也是这一年，中国制造的第一架喷气式歼－5战斗机，在沈阳飞机厂诞生，它标志着中国走上了独立制造空军武器装备的道路。

1956 年 5 月，第一届全国人民代表大会常务委员会第 40 次会议决定，建立中华人民共和国化学工业部。

1956 年 6 月 6 日，化工部部长彭涛来到国务院，向周恩来总理汇报化工部的工作。

周恩来总理语重心长地指示道，化学工业很重要，是原材料工业部门。化工很复杂，要好好学习，认真地抓。

彭涛向周恩来总理表示，会认真钻研化学工业科学。

中央给化学工业的第一个五年计划的主要任务是：积极地发展化学肥料，相应发展酸、碱、染料等工业，加强化学工业与炼焦、石油、有色金属工业的配合。

就在 1956 年 10 月，周恩来总理赴苏联，谈定了苏联援助的 156 项工程。在 156 项工程中，化工行业就有 11 项。周恩来总理从苏联回来，亲自批准化工行业的 11 个项目相继开工，亲自组织化工行业 11 个项目的建设工作。

中央把这 11 个化工行业项目分别建在吉林、兰州、太原。吉林、兰州、太原形成了中国三大化工基地。

中国三大化工基地之一的兰州，处在中国的中西部。兰州的南北面，是层峦叠嶂的群山，兰州的东西面，是雄伟壮阔的黄河。站在兰州的滨河马路上，就可欣赏到黄河的雄姿。依山傍水的兰州城，体现出西北边关的雄浑壮阔。早在2000多年前，西汉就在这里设立县治，取"金城汤池"之意而称金城；到隋初，改名为兰州总管府，始称兰州。从汉至唐、宋时期，陆上丝绸之路开通。随着丝绸之路的开通，出现了"丝绸西去，天马东来"的盛况。兰州逐渐成为丝绸之路上的交通要道和商埠重镇，成为联系西域各民族的重要都会和纽带。

兰州，这颗陆上丝绸之路上的璀璨明珠，在促进中西经济文化交流中发挥了重要作用。中华人民共和国成立后，中国科学院兰州化学物理研究所（以下简称兰州化物研究所），汇聚着新中国第一代杰出的科学家。

二、国家下达的科研任务

1962 年 1 月 4 日，兰州正值严冬，纷纷扬扬的雪花把大地装扮成一片银色。在这个大地披着银色的日子里，新中国第一代科学家会集在兰州化物研究所会议室里。

兰州化物研究所成立于 1958 年，是由中国科学院大连石油研究所催化化学、分析化学、润滑材料三个研究室迁至兰州成立的。它主要开展资源与能源、新材料、生态与健康等领域的基础研究、应用研究和战略高技术研究工作。研究所的战略定位是"西部资源与能源化学和新材料高技术创新研究基地"，成为国内不可替代、具有可持续发展能力的研究机构。

兰州化物研究所会议室的两扇木门被打开，第一位走进会议室的是兰州化物研究所所长申松昌，随后，几位室主任进来，跟着进入会议室的是尹元根主任。

申松昌今天走进会议室与往常有些不一样，他心情格外激动。头一天，研究所接受了国家一项重大科研任务，他现在要向大家宣布这项科研任务。

当科学家踏着积雪，陆陆续续走进研究所会议室，申松昌看到会议室的空位一个个被填满时，他从座位上站起来，拍着手说："大家都到齐了，现在我要宣布国家下达的科研任务。"

申松昌走上台，众人望着他。

申松昌清了清嗓子，说："同志们，我们兰州化物研究所接受国家下达的一项重要科研任务：顺丁橡胶研制。"

申松昌宣布研制顺丁橡胶的任务，引起了会场一阵小小的躁动，有的人是第一次听说顺丁橡胶，感到既新鲜又好奇；有的人早就知道国外有人研究顺丁橡胶，研究顺丁橡胶是为了上工业化，但不知道顺丁橡胶的工业化进程在国外怎么样了。

很快，会场安静下来，大家聚精会神地望着申松昌。

申松昌从国际形势讲起，讲到朝鲜战争以来中国急需橡胶的情况。

申松昌说："我们的军事、国防、科研、人民生活等都需要大量橡胶，而中国又严重缺少天然橡胶，需依赖进口。国际形势瞬息万变，作为重要战略物资的橡胶也被当成一种筹码，西方国家对我国实行橡胶封锁和禁运。我们不能过没有橡胶、被人卡着脖子的日子，我们必须依靠自己的力量种橡胶树。然而，种得好的橡胶树七八年才能出胶，种植橡胶树解决不了近期的大量需求。在国家迫切需要橡胶的情况下，研制顺丁橡胶替代天然橡胶，这是我国发展橡胶工业的一条新路。这次中央下了决心，期待我们能成功研制、生产顺丁橡胶。"

申松昌一口气讲完了国际、国内的形势，众人明白了，生产顺丁橡胶是国家的一项重要研究课题，也是国家当前的一项迫在眉睫的大事。

申松昌说："大家谈谈顺丁橡胶的科研。"

会场变得活跃起来。

有人问："顺丁橡胶替代天然橡胶，顺丁橡胶又以什么为主要原料？"

申松昌说："你问的这个问题，正是我接下来要向大家阐述的。"

申松昌接着讲述："顺丁橡胶属于合成橡胶，合成橡胶的思路源于人们对天然橡胶的剖析和仿制，合成橡胶工业的诞生和发展取决于原料来源，单体制造技术的成熟程度，以及单体、催化剂和聚合方法的选择。顺丁橡胶以丁二烯为主要原料，丁二烯是顺丁橡胶的单体，所以，我们兰州化物研究所的主要任务是研究、制造这个单体，即研究、制造、生产丁二烯。顺丁橡胶的原料丁二烯是我们首先要研究和解决的问题。"

申松昌的话最终落到：丁二烯生产是一种新工艺，研制顺丁橡胶是一项前所未有的事业。

话毕，没有人吭声，会场突然安静下来，有的在翻看资料；有的低头闭目，陷入沉思；还有的盯着天花板，似乎巴不得丁二烯单体能从天花板上掉下来。

申松昌说："对于我所即将开展的科研项目，想好了的请发言,大家畅所欲言。"

首先站起来的是尹元根,他穿着湛蓝色棉衣,戴着一顶黑呢帽。尹元根毕业于上海交通大学,是在催化方面有造诣的青年学子,也是多相催化研究方面出类拔萃的学者。

尹元根从历史的角度分析道,1930 年,德国和苏联用丁二烯作为单体,金属钠作为催化剂,合成了丁钠橡胶。作为一种合成橡胶,丁钠橡胶对于应付橡胶匮乏总体而言还算是令人满意的。这种橡胶与其他单体共聚可以改善自身的性能。如与苯乙烯共聚得到丁苯橡胶,它的性质与天然橡胶极其相似。事实上,在第二次世界大战期间,德国军队就是因为有丁苯橡胶,橡胶供应才没有出现严重短缺。苏联也用同样的方法向自己的军队提供橡胶。

尹元根的分析,打开了大家的思路,大家似乎一下子想好了,场面又热闹起来,议论声四起。

有位科技人员说:"美国在战后大力研究合成橡胶。首先合成了氯丁橡胶,氯原子使氯丁橡胶具有天然橡胶所不具备的一些抗腐蚀性能。例如,它对于汽油之类的有机溶剂具有较高的抗腐蚀性能,远不像天然橡胶那样容易软化和膨胀。因此,针对导油软管这样的物品,氯丁橡胶实际上比天然橡胶更为适宜。"

申松昌提出:分析顺丁橡胶在我国研制的可行性。

有人说:"丁烯和氧会形成爆炸气体?"

又有人提出："根据我国目前条件，此反应能不能上大工业？"

还有人说："丁烯在氧存在下可以脱氢生成丁二烯，是苏联人发现的一个新反应，美国开始这项工作比我们早，以我们目前的条件和水平，我们这样做有把握吗？"

所有人的目光一下子又集中到申松昌身上，申松昌没料到他们会提出这些问题，一时愣住了。

尹元根马上说："虽然是苏联发现的这个新反应，美国对这个项目的研究也比我们早，但他们还没有工业化。这对我们来说，仍然是一项前所未有的事业。但我们还没有开始研究，怎么就知道有没有把握呢？"

尹元根说完，会场一下子安静下来。

申松昌："请大家继续说。"

大家似乎一下子又没想好，没有人再站出来。

申松昌以期待的目光投向大家，他的目光在大家身上扫过一圈后，落到刚从大连调到兰州化物研究所不久的科技新秀周望岳身上。

尹元根见申松昌的目光落到周望岳身上，就直接点名周望岳。"周望岳，你是我们课题组的，你来说说。"

周望岳，新中国培养的第一代大学生，毕业于大连工学院（现为大连理工大学）应用化学系。他在大连化物所中油实验室时，先后在海外归来的肖光琰博士和郭和夫先生的领导下工作，从事白土催化裂化项目研究。彼时，尹元根在大连物化所轻油研究室从事铂重整项目研究，轻油研究室和中油研究室都在六馆，两人经常在六馆和图书馆见面。周望岳深知尹元根知识渊博，动手能力强，尹元根也知道周望岳在研究中认真、细致、有创造性。后来尹元根和周望岳一先一后调至兰州化物研究所，两人又在一个课题组。周望岳在研究工作中的表现让尹元根十分赏识。

周望岳个子不高，穿着一件灰色棉衣，戴着一顶灰色鸭舌帽。他一直没有吭声，坐在后排，静静地听同事们发言时，脑海里回顾着人类对橡胶的研究。1763 年，法国人麦加发明能软化橡胶的溶剂，制成医疗用品和软管；1770 年，英国化学家约瑟夫·普利斯特利发现橡胶能擦去铅笔字迹；1819 年，苏格兰化学家麦金托什发现橡胶能被煤焦油溶解，他把溶解的橡胶液体涂抹在布上缝制成防雨布，成为世界上最早的雨衣。后来，麦金托什又在英国格拉斯哥建立了第一家防水胶布工厂，成为世界上第一个橡胶工厂。同一时期，英国人 T. 汉考克发现橡胶通过两个转动滚筒的缝隙反复加工，可以降低弹性、提高塑性，他用机械使天然橡胶提高塑性的方法，奠定了橡胶加工的基础，成为世界橡胶工业的先驱。

申松昌期待的目光和尹元根的直接点名，触动着周望岳敏感的神经。周望岳站起来，说："大家的发言，我都在认真思考。我这里有个不成熟的想法。"

尹元根望着周望岳，期待着他往下说。

周望岳说："刚才听大家说到丁烯和氧能形成爆炸气体，我想能不能试着在爆炸的比例范围之内进行尝试，当然这是没有人试过的。"

周望岳提出的"能不能试着在爆炸的比例范围之内进行尝试"立即引起大家的强烈反响。

有的人说："可以试试。"

也有的人说："不能冒这个险。"

周望岳说："对于顺丁橡胶的研究，能否开创新思路？能否用我国当前生产水平来满足建厂需要的创新工艺生产丁二烯？我想应该可以试试。"

尹元根说："科学的开创历来是前无古人的，等别人搞成了，还要我们这些人干啥？"

窗外，静静地飘着雪花，寒气逼人，窗内却热气腾腾。

三、这是一条领先世界的出路

1962 年 1 月 10 日上午，周望岳的丁烯氧化脱氢制丁二烯开题报告在兰州化物研究所会议室举行。参加会议的学术委员会成员有研究所申松昌所长、张明南主任、陈绍礼主任、俞惟乐主任、于永忠主任、金道森主任、付六乔主任、兰州大学化学系主任、兰化公司总经理，列席的有丁烷催化剂脱氢课题主要科研成员，会议由尹元根主任主持。

七天前，尹元根和周望岳谈到合成丁二烯的路线分析，尹元根要求周望岳能够找出一条新的丁二烯合成路线，能在我国目前所具备的工业化条件下，快速生产丁二烯，以满足顺丁橡胶和丁苯橡胶生产的需要。周望岳大胆设想，并开展热力学的计算工作，尹元根感到周望岳的设想很有创意，也有科学依据，要求周望岳整理成文，做开题报告，交研究所学术委员会讨论。

申松昌说："今天的会议，主要是要学术委员会及到场的同志审议尹之水和周望岳同志的开题报告，周望岳提交给学术委员会一份丁烯氧化脱氢制丁二烯的开题报告，现在请尹元根上台介绍。"

尹元根走上台说："研制丁二烯合成橡胶单体的合成路线，几个课题组以正丁烷催化氢合成丁二烯，考虑到这条合成路线的工业化流程，我国现在的工业水平很难满足，为此，周望岳经过数日研究，提出丁烯氧化脱氢制丁二烯的新途径。今天，我们请周望岳同志向学术委员会汇报他的设想，请求审议他的开题报告。"

周望岳走上台，他在做丁烯氧化脱氢制丁二烯的开题报告中，从我国对合成橡胶急需的情况、目前研究合成丁二烯的进度、工业化前途和存在的不可克服的困难谈起，介绍正丁烷正丁烯催化脱氢和正丁烯加氢脱氢及乙烯加氢双聚脱氢的热力学计算比较，丁烯氧化脱氢设想的理论依据及类似反应的借鉴等。

众人对周望岳的论述纷纷点头。

张明南问："望岳同志，你准备怎样研制丁烯氧化脱氢制丁二烯？"

周望岳回答："我想根据热力学原理进行实验。"

陈绍礼说："请你给我们谈谈。"

周望岳说："丁烷脱氢和丁烯脱氢制丁二烯，在热力学上都是有利于左移反应，而不利于右移反应。也就是说，加氢容易脱氢难，但生产丁二烯需要脱氢产品，而且要脱两个氢。虽然在热力学上都是有利于左移反应，而不利于右移反应，但我想反其道而行之，把反应往右移。"

周望岳继续论述，如果把反应往右移，就必须改变高温压力，而要改变高温压力，只有采取抽真空的办法才能实现。

当周望岳提出反应往右移，改变高温压力，采取抽真空的办法时，学术委员们和专家们有些担心。

俞惟乐说："这个办法反其道而行之，把反应往右移会有些难度，怕走不通。"

于永忠说："这样做，还只是个从理论上推测可行的办法，就我国目前的基础工业水平，根本达不到。"

金道森说："因热力学上的限制，生产水平也不可能很高。"

周望岳说："我也想过这些，但我还是想从热力学方面做出根本改变。这些日子我一直在研究，结果是，只有这样才能找到出路。"

大家频频点头，一致认为：这是一条很好的出路。

付六乔意味深长地说："望岳提出的这条出路，可是一条前所未有、领先世界的出路啊！"

当付六乔提出这是一条前所未有、领先世界的出路时，大家都认为这同时也是一条很难达到的领先国际水平的出路。

周望岳沉思了一会，继续说："氢加氧成水是很容易的右移反应，而且是放热反应，常温下就能进行，当然要借助于催化剂，不然就是耗去一万年，两者也不会结合成水。"

张明南提出："为什么不可以用氧去脱丁烷或丁烯分子上

的两个氢原子呢？这不就能使它们在热力学上右移且变吸热反应为放热反应吗？"

周望岳分析道："我们必须打破化学反应上的固有平衡和现有模式。丁烷、丁烯用氧去脱氢生成水，丁烯脱去两个氢原子就生成我们所需的产物——丁二烯。"

于永忠分析道："但丁烯在有氧存在的情况下，更有利的是丁烯燃烧成二氧化碳和水，而且还有爆炸的危险，这条路可能有些危险。"

周望岳说："由于催化剂对水和空气十分敏感，需要对单体和溶剂进行严格的纯制，各种催化剂组分也要自己制备和合成，稍有不慎，就会发生燃烧和爆炸的危险。我们可以采取空气与丁烯在爆炸安全范围之内的比例。"

当周望岳再一次提到"爆炸安全范围之内的比例"时，有人从口袋里掏出纸和笔，在桌上进行验算。

周望岳说："用催化剂去控制，让主要反应为氧化脱氢而不是深度氧化（燃烧）。所谓氧化脱氢，也称选择氧化，就是选择我要的反应，而遏制非我所要的深度氧化反应。"

委员们又纷纷点头。

一位委员略有所思地说："假如一个是将正丁烯传统的催化脱氢，改为正丁烯催化氧化脱氢来制丁二烯，想法如前所述。假如用两个乙烯催化氧化双聚脱氢制丁二烯，这个思路来自苏联帮我国建设的粮食酒精列别捷夫法制丁二烯，原料是乙醇（酒精），乙醇脱水就是乙烯，两个乙醇脱水脱氢双聚就成丁二烯，但那得看能否找到一种催化剂，直接用两个乙烯经双聚成正丁烯，再进一步氧化脱氢可得丁二烯。最后获得成功的是正丁烯氧化脱氢制丁二烯，从设想到工业化，研究过程要走很长很长的路，不啻过五关斩六将，充满着无数艰辛。"

另一位学术委员把笔搁到一边，说："我认为实施这个新反应是可能的，不会发生爆炸，也可有效移走反应生成热。"

周望岳说："关键是如何找出制作一种理想的高效催化剂的方法。"

大家一致认为，这个是关键。如果催化剂质量不好，将直接关系到丁二烯的生产水平。

申松昌问："你们想过怎样研制出一种理想的高效催化剂？"

周望岳拿出一个笔记本，上面写着密密麻麻的分子式，他看了看，又把笔记本往旁边一放，接着说："要使丁烯氧化脱氢制丁二烯的设想变成现实，必须解决三个问题：第一个问题，正丁烯气体中加入氧，会不会形成爆炸气体？第二个问题，正丁烯在氧化脱氢反应进行时为放热反应，尤其是当生成物不是丁二烯和水，而是二氧化碳或一氧化碳和水时，反应热陡增 10 至 20 倍，如何移走这些反应生成热？第三个问题，如何研究、开发丁烯氧化脱氢制丁二烯选择氧化的催化剂？"

周望岳接着论述，由于此类催化剂要求具备相当高的活性，并必须具备高选择性的性能，这就要求催化剂必须能够快速吸附正丁烯，快速进行氧化脱氢反应，快速使催化剂上生成的丁二烯脱附离开催化剂表面，使它不会进一步氧化生成二氧化碳或一氧化碳。

申松昌点着头，学术委员、其他专家和科技人员也纷纷点头赞许。

周望岳看到自己的开题报告得到领导、学术委员、其他专家和科技人员的认可，紧张的心情才得以放松，他对自己未来的研究充满了信心。

会议开到最后，申松昌说："周望岳这个开题报告，给我们提出了制造顺丁橡胶的第一步，也是关键性的一步。加快顺丁橡胶研究，这是我们研究所当前的首要任务，也是我们研究所的核心项目。当务之急，就是研究所要尽快把顺丁橡胶科研小组建立起来。"

第二章　白手起家

Chapter Two

一、我要把一尊"泥佛"变成一尊"金佛"

兰州的雪比前些日子下得大，一朵朵雪花悄无声息地飘落，大地、树木银装素裹，呈现出一个洁白的世界。这天，尹元根把周望岳、王心安、唐永山、邢崇盛召集到他的办公室，他要宣布一个重大决定。昨天下午，研究所领导做出决定，由尹元根挂帅，建立一支以周望岳为主，由王心安、唐永山、邢崇盛作为组员的兰州化物研究所顺丁橡胶科研小组。

尹元根坐在办公室一端，邢崇盛、唐永山、王心安坐在办公室另一端，最后一个进来的是周望岳，他进门时将身上的棉衣脱了，只穿了一件白色的毛衣，头上还冒着热气。

周望岳向大家点了点头，径直坐到尹元根的另一端。

尹元根看了看坐在另一端的四个人，说："今天，我要向你们宣布一件事。"

大家都望着他。

尹元根说："你们四位是研究所挑选出来，在催化剂方面有所造诣的科研成员，经研究所领导研究决定，由我们五个人成立顺丁橡胶科研小组。有信心吗？"

周望岳用力点着头，表示他的信心。王心安、唐永山、邢崇盛拍着手，表示有信心把顺丁橡胶研究出来。

尹元根说："顺丁橡胶科研，这是一个艰巨的、国家又急需完成的任务。国家希望我们抓紧研制催化剂，把顺丁橡胶研制出来。"

在以后的岁月里，周望岳始终没有忘记，国家把这么重大的科研项目交给他们，是国家对他们的信任，承担这一科研项目也是作为一个科学家应肩负的责任，正是这份信任和责任，使他20多年来一直没有放弃橡胶事业。

这是后话。

王心安说："尹主任，顺丁橡胶科研小组成立了，我们的实验室在哪里？"

"实验室在哪里？"尹元根像问他们，又像在问自己。

唐永山说："总不会就在您这间不到14平方米的办公室吧！"

尹元根说："那倒不是，这里摆不开实验的瓶瓶罐罐。"

邢崇盛说："研究所要为我们研究小组准备新实验室了？"

尹元根说："这是单独成立的一个研究小组，目前还没有房子做实验室。"

邢崇盛说："那怎么办？"

尹元根感叹地说："还真是个问题。实验还没开始，顺丁橡胶研制就遇到了第一个问题。"

尹元根双手抱胸，思索了一会，说："我来想办法，你们自己也想办法，一定要找到解决办法，而且要尽快找到解决办法。"

周望岳站在那里没吭声。

王心安说："我们去哪里想办法？"

邢崇盛说："没有场地，我们怎么做实验？"

唐永山说："没有场地，我们寸步难行啊！"

尹元根说："现在我们没有条件，我们就创造条件上。"

王心安说："创造条件上，总不能以我们的科学变出一个房子来吧！"

周望岳突然说："房子是变不出来。"

尹元根走到周望岳跟前，拍了拍他的肩膀说："没有实验室，还真的开展不了工作，做不了实验。可是没有给你们安排实验室，也是因为现在没有多余房间给你们做实验，这还真的只能靠你们自己想办法。"

周望岳不知所措地点着头。

邢崇盛说："我们又不是孙悟空，怎么想办法？"

"我还有个会，要先走。"尹元根走了几步，又回过头对周望岳说，"我也会想办法的，我们一起想办法。"

尹元根消失在门外，周望岳望着尹元根的背影，他虽然理解尹元根的苦衷，理解研究所目前的状况，可是，他们怎么解决？到哪里去解决？

唐永山说："兰州化物研究所成立的第一个顺丁橡胶科研小组，连实验室都没有，我们总不能露天研究吧！"

周望岳说："我们不会露天研究的。"

大家望着周望岳。

周望岳看到大家都望着他，自己心里一点底都没有。但他马上意识到，他不能有怨言，更不能放弃。只要自己有怨言，自己放弃，大家就都振作不起来。他只有使自己变得比大家坚强一点，大家才会和他一起想办法。

周望岳突然说了一句："多大的事，用我们家乡一句土话，'活人还会被尿憋死？'总会有办法解决的。"

当周望岳说到"总会有办法解决的"，大家看到了希望，坚信周望岳有办法了。

王心安说："快说，你有什么办法？"

"办法还没有，天无绝人之路。"周望岳拍了拍脑袋，突然站起来说："走，你们跟我来。我知道怎么做了。"

王心安、唐永山、邢崇盛不知周望岳要带他们去哪里。周望岳走在前面，他们不明就理地跟在他后头。周望岳大步流星地往兰州化物研究所楼上走。

王心安拉住周望岳，说："去楼上干什么？楼上又没有房间。"

周望岳对他身后的王心安说："我就不相信整栋楼找不到房间。我们来个彻底检查，要对这栋楼的每一间房间进行排查。"

王心安笑着说："这样我们不成了公安人员，对可疑分子进行排查？"

周望岳见他们站在原地，说："就当一回公安人员，它们是不是可疑分子，我们总得查查。"

王心安与唐永山、邢崇盛相视一笑，又摇摇头，觉得周望岳的倔劲用错了地方。

周望岳也笑了笑，说："去不去？"

周望岳上到二楼，他们跟他上了二楼。周望岳带他们从第一扇门开始敲，到敲开最后一扇门，发现每扇门里都是几个人挤一间房，房间既作办公室又作实验室。

周望岳说："二楼没有多余房间，我们去三楼。"

当他们爬到三楼，敲开三楼每扇门，发现三楼的房间比二楼的还拥挤，房间既是办公室，又是实验室，还兼作仓库，几张办公桌拼在一块，挤得多进去一个人就转不动身。

王心安说："房间被隔成一个个小格子。"

唐永山说："更像一个个小盒子。"

邢崇盛说："还要不要上去？"

周望岳说："继续。"

周望岳带他们又从三楼爬到顶楼，都没有看到一间空房间。

周望岳又对同事们说："我就不信找不到一个实验室。"

唐永山说："到了这个时候，你还说这样的狠话。"

周望岳头也不回，噔噔从顶楼下到一楼。一楼东边是传达室，左边是会议室，右边是食堂，他站在食堂门口往西侧看。

王心安说："西侧是一片废墟，从来没有人去过。"

周望岳还是盯着那个地方看。

唐永山说："研究所没有房间，要不我们到外面租个房间作实验室？"

周望岳说："钱呢？"

唐永山说："我们打报告要。"

周望岳说："我也想要呀！有吗？研究所经费那么紧张。"

周望岳还是朝食堂西侧方向看。

邢崇盛说："那是个没人去的、被遗忘的角落。"

邢崇盛一句"被遗忘的角落"提醒了周望岳，周望岳想："别人都不去的地方，说不定奇迹就出现在这种无人问津的地方。我倒要去看看。"

周望岳朝那个"被遗忘的角落"走去，有一点周望岳清楚，不是情急之下，他也不会走进这个"被遗忘的角落"。周望岳才走了30米，一股恶臭就扑面而来。他捂着鼻子继续往前走，几个偌大的蜘蛛网封住了往里的走廊，上面还有几个蜘蛛正织着网。周望岳顺手拾起地上的一根竹条，把蜘蛛网搅开，继续往里走。快走到尽头时，发现废墟里有两间杂屋。杂屋有扇坏了的窗户和半扇门。呼啸的北风把门板吹得啪啪响。周望岳走进去，发现墙上有壁虎、空中有蚊蝇、地上有老鼠，还有废弃的仪器、仪表和破烂的实验瓶、管子，堆积得像两座小山。

周望岳大喜过望地走出来，喊住站在那里东张西望的王心安、唐永山、邢崇盛。

周望岳说："有了！我们有实验室了！"

王心安、唐永山、邢崇盛立即同时问道："在哪里？"

周望岳指了指那两间房。

王心安、唐永山、邢崇盛走过去，看到两间破烂不堪的杂屋，个个眼睛瞪得浑圆。

王心安问："你不会是看上这里了吧？"

周望岳面带喜悦地说："这杂屋怎么样？"

大家没有吭声，相视一笑。

周望岳说："这是我们不可多得的实验室。有两间，面积还不小。"

大家听周望岳这样一描述，反而有些提不起精神了。周望岳要我们到这样的地方做实验？亏他想得出来。

周望岳看出了大家的心思，又说："我们可以改造改造。"

王心安有些垂头丧气地说："看来我们真的是到了山穷水尽的地步。"

周望岳说："你知道山穷水尽就好。怎么样，你来粉墙？"

王心安说了一句幽默话："看来我要把一个'丑八怪'打扮成一个'美女'了。"

唐永山把那半扇门推了推，又把窗户关了关。门的木板已腐烂，窗子没有玻璃，插锁全锈坏了。

周望岳对唐永山说："既然王心安都表了态，你也表个态。"

唐永山说："门窗归我了，王心安能把'丑八怪'装扮成一个'美女'，我也能把一尊'泥佛'装成'金佛'。"

邢崇盛说："你们把美事都抢走了，那我也做点贡献，我来清理垃圾吧！"

周望岳笑着对邢崇盛说："我和你一块清理垃圾吧！他们做技术工，我们不行，我们只能干粗活了。"

周望岳走出杂屋，又喜滋滋说了一句话："只要实验室有着落，我心里就踏实了。"

王心安、唐永山、邢崇盛回头望了望杂屋，想象着改造后的"美女"和"金佛"，心情开朗了，干劲又上来了。

第二天早上，唐永山拿着锤子、钉子，王心安带来桶子、刷子，两个人像比赛一样，修的修，刷的刷。周望岳推着一部小推车，邢崇盛把垃圾装进小推车，两人一鼓作气，把垃圾拖到河边的垃圾站。周望岳和邢崇盛从星期一到星期三，足足运了三天才把垃圾运完。这时，王心安刷的墙刚好完成，唐永山修补的门窗也已完工。

星期四上午，顺丁橡胶科研小组中的四个人带了抹布、扫把，扫的扫，抹的抹，把两间杂屋变成了两间干净明亮的房子。第二天，四个人齐努力，把做实验的仪器、工具、瓶瓶罐罐等，搬进实验室，沿墙一排放好。

邢崇盛去店铺，把定制的"兰州化物研究所顺丁橡胶研究室"

的牌子取回来，挂在门边。

周望岳兴奋地对大家说："牌子挂上去了，我们的实验室成立了。"

王心安拍了拍手，双手抱胸，说："要不要放鞭炮？"

周望岳说："你们看，楼上的人都在上班，我们会不会影响他们？"

唐永山说："那鞭炮就不放了。免了！免了！"

王心安说："我们去喝酒，庆祝我们的实验室开张。"

唐永山摸了摸空空如也的口袋，说："你有喝酒的钱吗？我是没有。"

邢崇盛说："这个年代，我们肚子都填不饱，还奢望喝酒？"

王心安笑着说："望梅止渴，还不行吗？"

周望岳说："面包会有的，牛奶也会有的。"

周望岳把他们三个人的杯子拿到一块，说："来，我们坐下来喝杯茶，以茶代酒，庆祝我们的新实验室成立。"

王心安说："泡茶！泡茶！"

周望岳、王心安、唐永山、邢崇盛每人举起一杯热腾腾的茶，庆祝新实验室开张。

二、急需摆脱依赖粮食生产丁二烯的模式

兰州这场雪下了好些日子，地上的积雪有一寸多厚，但天空仍然飘着雪花，积雪仍在加厚，兰州就像一个冰的世界。在兰州这个冰的世界里，顺丁橡胶科研小组的实验室里却热气腾腾。

准确地说，星期一早上，周望岳、王心安、唐永山、邢崇盛踏着积雪，走进他们精心打造的实验室。今天是在新实验室上班的第一天，大家情绪很高涨。

王心安说："我们有自己的实验室了。"

唐永山说："我们可以在这里开始研究了。"

周望岳说："实验室窗明几净，室内暖气让大家倍感温暖。"

邢崇盛突然感慨地说："研制顺丁橡胶，是一项前所未有而又艰巨的研究项目，我们身上的任务很重啊！"

周望岳说："国家需要我们尽快研究出来。"

突然间，房里变得安静下来。

周望岳看了看邢崇盛，又看了看唐永山、王心安，然后说：

"顺丁橡胶与天然橡胶比，天然橡胶关注的是种植，而顺丁橡胶关注的是科研，一种前所未有的科研。"

唐永山说："这个时候，没有人告诉我们顺丁橡胶要怎么搞，也不可能沿着前人的路走，一切得从零开始。"

王心安说："我们的工作就是探索、研究、实验、试制。"

周望岳说："自从第一次世界大战期间诞生了合成橡胶，1931 年美国的杜邦公司进行了小量生产，苏联采用列别捷夫的方法用酒精合成了丁二烯，并用金属钠作催化剂进行液相本体聚合，制得了丁钠橡胶。从那时起，直到 1961 年，在国外、国内生产丁二烯，大多用丁烯催化脱氢的办法，生产丁二烯就是用的酒精。"

邢崇盛说："我们都知道，酒精是用粮食生产的。"

唐永山说："用酒精生产丁二烯的工艺流程是，用 4 吨玉米制成 1 吨酒精，用 2 吨半酒精才可生产 1 吨丁二烯。"

周望岳说："兰州化工公司就是引进了苏联用粮食提炼酒精为原料合成丁二烯的技术，建成年产 10000 吨丁苯橡胶这样上规模的企业，你们想想看，要多少吨粮食才能提炼、生产合成橡胶所需的酒精。"

邢崇盛说："那就是说，单原料，就要用 10 吨粮食才能换来 1 吨丁二烯。"

周望岳说："我国合成橡胶的产量为什么一直徘徊在年产几万吨，也就是因为原料昂贵。"

　　王心安说："我国目前的这点橡胶，对于几亿人口的中国人来说，连做鞋都保证不了，还谈什么国防建设。"

　　周望岳说："一架喷气式飞机，需要上等橡胶 600 公斤；一辆载重汽车，需要上等橡胶 240 公斤；一辆轻型坦克，需要上等橡胶 800 公斤；一艘排水量 3.5 万吨的军舰，需要上等橡胶 68 吨。橡胶这一产品的特殊性，使之成了中国一些高端科学研发和各项建设不可缺少的物质。"

　　邢崇盛说："如果所需的橡胶都要靠粮食生产丁二烯来制取，这也是一个大问题。"

　　周望岳说："的确是一个大问题。我国从 1959 年开始，遭受自然灾害。在那段困难时期，当我们一个人吃的粮食变成一家人吃，一个人穿的衣服变成一家人穿，一分钱当成一毛钱用的时候，粮食更成了能救命的极其宝贵的物质。"

　　周望岳说到这里，大家心情都十分沉重。

　　周望岳说："对于世界人口最多的中国来说，靠粮食生产丁二烯，从目前和长远来看都不可取。所以，我们急需摆脱依赖粮食生产丁二烯的困境。"

　　如何摆脱依赖粮食生产丁二烯的模式？

　　要是摆脱了这种模式，又拿什么来生产丁二烯？

　　大家你一言，我一语，集思广益，论点聚焦于如何摆脱依赖粮食生产丁二烯的模式，又以什么来替代粮食生产丁二烯。

　　这件看似容易的事，成了横亘在大家面前的一座高山。

于是，大家又想到丁烷，打算从丁烷上下功夫。

周望岳分析道："丁烷来源于石油气，丁烯是重油催化裂化工艺的副产品。在石油工业的石油炼厂里有种副产品叫丁烷和丁烯。也就是说，丁烷和丁烯是炼油产生的渣滓，我们可以利用我国石油裂解气资源。我国大庆油田，催化裂化装置已具规模，在生产车用汽油的同时，两套 120 万吨级的催化装置每年可提供 3 万吨以上的正丁烯和超万吨正丁烷，可以做生产丁二烯的主要原料。另外就是乙烯，兰州公司已建有一套以重油为原料生产乙烯的砂子炉和平车间。"

邢崇盛说："这就是说，我们用重油催化裂化工艺的副产品代替粮食生产丁二烯，来满足国内对顺丁橡胶的需求。"

王心安说："好是好，可是，丁烯分子中含有四个碳、八个氢，而合成橡胶的主要单体——丁二烯只能由四个碳、六个氢组成。"

邢崇盛说："那我们要攻克的，就是如何去掉两个氢的问题。"

王心安说："要知道，去掉两个氢并非是件容易的事。"

周望岳突然说："为什么橡胶会有弹性呢？让我们分析一下橡胶的分子结构。"

周望岳说道："天然橡胶分子的链节单体为异戊二烯。我们知道高分子中链与链之间的分子间的力决定了其物理性质。在橡胶中，分子间的作用力很弱，这是因为链节异戊二烯不易于再与其他链节相互作用。好比两个朋友想握手，但两个人手上都拿着东西，握手就比较困难了。"

王心安说："也就是说，橡胶分子之间的作用力状况决定了橡胶的柔软性。橡胶的分子比较易于转动，也拥有充裕的运动空间，分子的排列呈现出一种不规则的随意的自然状态。在受到弯曲、拉长等外界影响时，分子被迫显示出一定的规则性。"

周望岳说："当外界的强制作用消除时，橡胶分子就又回到原来的不规则状态。这就是橡胶有弹性的原因。由于分子间的作用力弱，分子可以自由转动，分子链间缺乏足够的联结力，因此，分子之间会发生相互滑动，弹性也就表现不出来了。这种滑动会因分子间相互缠绕而减弱。可是，分子间的缠绕是不稳定的，随着温度的升高或时间的推移，缠绕会逐渐松开，因此有必要使分子链间建立较强的联结。这就是固特异发明的硫化方法。"

这时，周望岳脑海里闪回到1839年，美国化学家查理·固特异成功地将天然橡胶与硫磺一起加热进行硫化，实现了橡胶分子链的交联，使橡胶具备了良好的弹性。

唐永山接着分析道："硫化过程一般在140至150℃的温度下进行。当时固特异用的小火炉正好起了加热作用。硫化的主要作用，简单地说，就是在分子链与分子链之间形成交联，从而使分子链间作用力增强。"

周望岳引导大家说的这些，似乎离今天的主题有些远，而他的思维是跳跃性的，他又突然提出："丁烯氧化脱氢。"

唐永山说："丁烯氧化脱氢？"

周望岳说："对，我们采取丁烯氧化脱氢的方法。"

周望岳说："丁烯氧化脱氢需要研制一种催化剂，而且是一种理想的高效的催化剂。目前我们急需研究的问题，是寻找一种理想的高效催化剂。"

寻找一种理想的高效催化剂，成为顺丁橡胶科研小组要过的第一关，也是这个研究小组首先要攻占的科研高地。

雪花仍在静静地、无声无息地飘着。

三、人不够，一个顶三个；钱没有，干起来再说

顺丁橡胶科研小组要过的第一关，是寻找一种理想的高效催化剂。周望岳站在实验室里，开始给王心安、唐永山、邢崇盛三人分配工作。他看了看王心安，又看了看唐永山和邢崇盛，看来看去就是他们三个人，周望岳心里咯噔一下，三个人怎么分工？

这时，周望岳遇到了一件头疼的事。也就是说，研制顺丁橡胶遇到了第二个难题：人员不够。

周望岳知道，像研制顺丁橡胶这样的科技项目，在国外是许多科学家和科技人员投身其中，可他们小组一共才五个人，对于顺丁橡胶研究，无论从理论上还是从科研上，他们都还是一张白纸，脑海里还是一片空白。要尽快搞出顺丁橡胶，四个科研人员的力量怎么够？四个科研人员怎么能完成这个项目？

周望岳站在实验室里，感到了前所未有的压力。

王心安看到周望岳苦恼的样子，走到他跟前，对他说："只

有一个办法，你赶紧向研究所要人。"

唐永山经王心安这么一说，感到了事情的严重性，接着说："王心安说得对，赶紧向研究所要人。"

邢崇盛说："人少了，这项研究无法开展。"

周望岳说："我也想打报告向研究所要人，增加技术力量。可你们也看到了，研究所科研人员奇缺，我们就是要人也是没有用的。如果研究所有人，用不着我要，他们也会安排过来。"

邢崇盛说："可四个人技术力量明显不够。"

周望岳说："人员不够，我们只能一个顶三个。"

大家没有吭声。

周望岳说："只能这样。"

周望岳一句"只能这样"，让大家接受了一个顶三个的事实。

周望岳继续进行分工：他和王心安制催化剂；唐永山建立反应测试系统、操作反应装置；邢崇盛建立色谱分析和装置，进行反应原料和反应产物的分析测试，以及定性定量测定。

顺丁橡胶科研小组夜以继日，通过紧张的研究工作，制作丁烯氧化脱氢用钼系催化剂。大家把这种催化剂定义为第一代钼系催化剂。

当大家怀着喜悦的心情准备制备钼系催化剂时，遇到了顺丁橡胶制造的第三个难题：制备钼系催化剂需要钱。没有钱，也就是说，没有科研经费。

唐永山说："巧妇难为无米之炊。"

邢崇盛说："上面没有拨科研经费，我们是不是等一等？"

周望岳说："不能等，国家急需橡胶，而国家正处于困难时期，我们只有自己想办法。"

王心安双手一摊，对周望岳说了句幽默的话："那就把我裤子当了，换钱吧！"

周望岳说："和中国急需橡胶比，这些困难算什么？没有钱，我们干起来再说。"

王心安说："对，我们就是把裤子当了，也要把顺丁橡胶搞出来！"

邢崇盛说："明白了，我们自己制备吧！"

周望岳说："对，我们自己制备钼系催化剂。"

突然有人接道："好办法，我们自己制备钼系催化剂。顺丁橡胶，我们耽误不起啊！"

随着声音看去，只见尹元根从门外进来，笑着走到大家跟前。

尹元根在这个关键时刻来到实验室，肯定是给研究小组带有关科研经费的好消息来了。

王心安赶紧给他搬凳子，周望岳给他倒了一杯茶送到面前。大家围着尹元根，就像围着一位救星。

尹元根刚坐下又站起来，他把双手伸进上衣两个口袋，一会儿，他将右边手伸出口袋，说："看见没有？我右边口袋是空的。"他又将左边手伸出口袋，说："看到了吧！我左边口袋也是空的。"他两只手又在口袋外面拍了拍，说："我的两个口袋空空如也。那么同志们想想，我的口袋为什么是空的？"

尹元根不说了，神秘地望着大家，然后端起茶杯慢慢地喝，他喝了一会茶，然后说："是因为国家的口袋也是空的。只有国家的口袋满了，我的口袋才不会空。"

尹元根又坐下来，继续说："中国的这项重大科研项目压下来，压到你们头上，按理说，国家应该有一笔科研经费拨过来，可是没有，至少现在还没有，当然不代表将来没有。这些日子，我也在想办法争取科研经费，可是紧张啊！紧张就是目前没有。兰州化物研究所第一个顺丁橡胶科研小组，是在没有任何设备的情况下建立起来的。我们国家穷，国家却又需要大量橡胶，这是一件大事，穷国要办大事，而且刻不容缓。我这个顺丁橡胶研发挂帅的人，还得让大家吃苦，不过，我们吃苦受穷不是为了自己，而是为了国家的命运、民族的命运。我们的这项科研项目，要靠一种精神、一股气来完成，那就是一种为国家和民族争气的精神。只要这种精神在，任何困难也难不倒我们！只要这股气在，我们遇到任何困难都能一起努力、一起克服！"

大家情不自禁地鼓起掌来。

尹元根这番话深深地打动了他们，也使他们更坚定了发展我国顺丁橡胶的信念。

周望岳走到窗前，推开窗户，凛冽的北风吹进来。他久久地凝望着窗外，似乎看到了顺丁橡胶研制工作的漫漫长路。

第三章 走自己路

Chapter Three

一、苏、美有例子，我们要走自己的路

这天，兰州化物研究所研究室张明南主任走进顺丁橡胶实验室，他走进去马上又出来，嘴里说："我走错地方了吧！"他取下眼镜，看了看牌子，心想，没有错呀！他又走进去，再看了看，有些不可思议地说："望岳，两间废弃的杂屋，怎么整成实验室了？"

周望岳说："还可以吧！"

张明南说："谁给你们弄好的？简直是奇迹。"

周望岳说："毛主席教导我们：自己动手，丰衣足食。"

张明南说："你们自己弄好的？"

周望岳说："研究所没有多余房子，我们就打了这两间杂屋的主意。"

张明南敲了敲门，又拉了拉窗户，说："这主意不错，能挡风避雨。"

周望岳说："屋子虽然破旧，但不影响做实验。"

张明南说："现在研究所有困难，也只能委屈你们了。"

周望岳说："我们感到蛮不错的。"

张明南看了看他们进行的实验，问道："实验进行得怎么样了？"

周望岳说："我们在做丁烯氧化脱氢制丁二烯实验。"

张明南突然想起一件事，对周望岳说："我看到一本杂志，有一篇苏联的'关于丁烯氧化脱氢制丁二烯'的报道。"

周望岳惊喜地问："真的！登在什么杂志上？"

张明南有些抱歉地说："你看我，记不得是什么杂志了。"

周望岳又问："记得哪一年吗？"

张明南拍了拍脑袋，摇了摇头说："哪一年也不记得了，看到这本杂志已经很久了。"

周望岳说："你是在图书室看到的吧？"

张明南说："对，在图书室。记得我去查一份资料，无意中看到的。"

周望岳说："你在这里坐坐，我去图书室看看。"

周望岳不等张明南回答，走出门，一口气跑到图书室。

图书室四壁是砖头厚的书和一摞摞杂志，那一排排书和杂志仿佛要向他扑过来，他跑进去，就像一只无头苍蝇撞进去，不知从何下手。他挑了几本杂志看，没有。他呼出一口气，对自己说，要找到这本杂志，就不能漏掉任何一本杂志，那就只能一本本查，别无他法。按从左至右的顺序，开始一本本查吧！

他从第一排开始，把杂志一本本翻开，一旦发现有关于催化剂的文章，就坐下来阅读。一天下来，周望岳没有找到这本杂志，也没有读到那篇文章。

值班人员说："我要关门了，你明天再来吧！"

第二天上午，周望岳又钻进图书室，这次他从 20 年代开始查到 60 年代，从上午查到下午，在他快查完这四面书墙时，功夫不负有心人，他终于从一本 50 年代的杂志上，找到了苏联科研人员写的《关于丁烯氧化脱氢制丁二烯》这篇文章。周望岳喜出望外，坐在图书馆认真地读了起来。读完后感觉这篇文章写得很详细，可惜没有介绍使用什么催化剂，只是说反应温度 530℃，反应结果不太好。

文章里虽然没有周望岳想要的结果，但周望岳从中受到启发，获得了一个至为重要的突破口。那就是，他们研究的这种新反应是可以实施的。这可是个好消息。周望岳赶快离开图书馆，迫不及待地跑进实验室，他对顺丁橡胶科研小组说的第一句话是："苏、美有例子，我们要走自己的路。"

大家莫名其妙地望着他。

周望岳说："我们研究的新反应是可以实施的。那就是，我们先上丁烯氧化脱氢技术路线，然后乙烯氧化脱氢制丁二烯。"

"真的？那太好了！"大家都高兴得跳了起来。

周望岳说："先上丁烯氧化脱氢技术路线，再研究乙烯氧化脱氢制丁二烯，这是一项前所未有的新技术路线。这项前所未有的新技术路线，可能从理论上行得通，但在实际中不一定行得通，可能会遇到科研上的问题。"

王心安说："如果遇到科研上的问题，我们就攻克这个科研问题。"

"对。"邢崇盛、唐永山二人信心满满地点着头。

周望岳说："以前，我国研究的合成丁二烯，是沿袭美国先进工业已经成功的工业生产技术路线，即用丁烷一步法或二步法催化脱氢合成丁二烯。"

所谓一步法，就是丁烷一次脱去四个氢原子生成丁二烯，而二步法是第一步脱去两个氢原子生成丁烯，第二步再从丁烯脱去两个氢原子生成丁二烯。这两种方法都需要高温脱氢工艺，温度必须达到 600℃以上，反应器必须用耐高温的特种钢制造。可是，目前中国无此特种钢，而且还需借快速切换法进行结炭催化剂的再生，国内又何来这样规格的密封切换阀？

当这些难题摆在大家面前时，顺丁橡胶科研小组的口号是："没有条件，我们创造条件上。集中力量，克服困难，攻克难关，实现突破！"

周望岳、王心安、唐永山、邢崇盛在实验室里，首先在选定的催化剂反应条件下，进行催化剂的短期稳定性实验。由于受条件限制，最长的一次只能连续反应 50 个小时，无法做更长时间的寿命实验。

邢崇盛说："这是一个长时间的寿命实验啊！"

王心安说："这个反应需要在高温和负压下操作，需要频繁再生。"

唐永山说："我们的设备制造水平不能保证安全运转，但反应—再生—反应—再生，短时间的周期切换和高温反应对设备要求很高，我们实验室的条件无法满足，因此会无法实现工业化生产。"

王心安说："我们遇到这些条件限制，就想办法突破这些条件限制。"

周望岳说："突破这些条件限制，只有不断改进催化剂配方，提高它的活性、选择性、稳定性，并增强催化剂强度。"

实验室里，周望岳、王心安、邢崇盛、唐永山不断地改进催化剂配方。一天、两天、三天，一次、两次、三次，他们进行了近百次催化剂配方的改进，直到他们看到活性、选择性、稳定性和催化剂强度都提高了，才开始系统地改变反应温度，丁烯进料量，丁烯、氧和水之比（原料和分子比）。这样才能找出最佳反应条件和各种条件改变的敏感度。

找出最佳反应条件和各种条件改变的敏感度，是一件非常不容易的事。实验室里，周望岳、邢崇盛、唐永山、王心安，每天工作 8 小时根本不够用。白天，奋战在实验室做实验，晚上，整理实验数据。周望岳有身孕的妻子董坤年，经常是几天都见不到丈夫。

这天晚上，实验室又是灯火通明。尹元根寻着灯光，走进实验室，当他看到他们一双双通红的眼睛时，就知道他们是在不分白天黑夜地拼命干，尹元根既感到欣慰，又感到担心。他担心他们在顺丁橡胶研制的起跑线上累倒。

尹元根把周望岳拉到门边，悄声说："你让大家去休息，弦绷得太紧容易断。"

周望岳说："我们在试图找出最佳反应条件改变的敏感度，我们只想加快进度。"

尹元根说："你们想尽快做好前期工作，我能理解，但还是要注意休息。"

周望岳说："这个实验不能间断，只能连续做。"

尹元根说："你们有一个月没休息了吧！"

周望岳说："就是想完成了，再去休息。"

尹元根说："董坤年也是我们研究所的重要科研人员，她怀着身孕，你回家看看她吧！"

尹元根又走到实验室中间，拍拍手说："请大家放一下手里的研究。我宣布，放假两天，大家都回家。"

实验室里没有一个人离开，他们在继续做实验。他们只有一个目的，就是想把这项实验完成了再回家。

尹元根被他们感动了，他摇着头，对他们说："你们继续，你们继续。"尹元根离开实验室，轻轻掩上门。

不知经过多少个日夜，也不知经过多少努力，终于在某一天下午，他们找到了改变最佳反应条件的敏感度！找到这个最佳反应条件的敏感度，也就是说，他们找到了成功的希望。大家感到无比欣慰，也感到这段辛苦的日子很值得。

周望岳兴奋地说："回家，回家休息两天再继续。"

我们回家！

我们回家。

大家放下实验瓶和记录本，拖着疲惫的身子，离开实验室。周望岳是最后一个回家的，他锁上实验室的门之前，又把实验室检查了一遍，直到完全放心了才走出实验室。

周望岳回到家，看到挺着大肚子的董坤年，心里有些愧疚地说："这段时间我没有照顾你。"

董坤年说："我不是挺好的吗？"

董坤年看到周望岳疲惫不堪的样子，格外地理解他。她说："你去睡一下，我去做饭。"

周望岳不知道已经有几天几夜没睡过一个好觉，他一着床，就沉沉地睡去。这一睡，睡到第二天晚上，连董坤年给他做的饭菜都没顾得上吃。

二、即使饥肠辘辘也要把科研搞下去

1962 年，中国正处于非常困难的时期，国家经济陷入深度困境，全国人民在饥荒线上经受煎熬。兰州的大街上，人们的中心话题是如何节衣缩食，如何以野菜代粮食。兰州周边地带，到处是寻找野菜的人。那情景，男男女女、老老少少上山觅野菜，到处呼叫，疲于奔命。山上不光没有了野菜，那些长着绿叶的树都被摘光了叶子，只剩下一根根光秃秃的树杈。有的树连皮都被剥了一层，只剩下一根根白杆，孤零零地戳向蓝天。

在饥饿状况下的顺丁橡胶科研小组，他们上餐吃着野菜，下餐喝着野菜汤，邢崇盛吃得满脸浮肿，两只眼睛肿得只看得见一条缝；王心安没肿在脸上却肿在两腿上，只能走外八字步；唐永山患了水肿病，挺着一个大肚子来实验室；周望岳瘦得皮包骨头，像根风能吹动的豆角。有一次，周望岳晕厥在实验室，连站起来的力气都没有。

还是饿啊！

科研人员和全国人民一样，没有后补的粮食，每个人的肚子就像吊着一个饥饿的口袋。尽管这样，周望岳、王心安、唐永山、邢崇盛，只要走进实验室，就什么都忘记了，什么都不顾。他们一头扎进研究中，整理催化剂制造间、检查催化剂评定设备装置、测试反应产品分析设备。饿了，就端起杯子，咕咚咕咚喝水，喝进去后就不停地上厕所。喝上一天的水，下班时走在路上，可以听到肚子里咕噜响。

可还是饿啊！

当年国家极端困难啊！处于极端困难时期的国家，拨不出粮食救济处境严峻的科研工作者。第一线的科学工作者与饥饿展开旷日持久的拉锯战，需要有强大的精神力量作支撑，那就是想为国家和民族争气的精神力量啊！

正在这个饥饿时期，周望岳从实习研究员升为助理研究员，王心安、邢崇盛、唐永山举着茶杯，向他祝贺。

这时，尹元根走进实验室，看到大家在庆祝周望岳的升职，他也端起一个茶杯，说："来，我们以茶当酒，祝贺周望岳同志荣升为助理研究员。"

大家举起茶杯，向周望岳表示祝贺。

看到大家喝完杯里茶，放下杯子，继续工作时，尹元根把周望岳从实验室拉到门边，悄声安慰道："你升为助理研究员，本应该加工资，可是国家太穷，工资加不上。"

周望岳说："我知道。"

尹元根说："我知道你马上有孩子了，正是需要钱的时候，现在国家的困难你也是知道的，但这些困难只是暂时的。"

周望岳连连点头，说："我知道的，我知道的。"

尹元根说："如果需要钱从我这里拿点。"

周望岳笑着说："谢谢！你也不宽裕。"

尹元根看了看实验室，又问："实验进行得怎样？"

周望岳说："一切还顺利。"

尹元根看了看表，说："到了下班时间，大家按时回家吧！我这边也会想办法搞一点供给，哪怕搞到几个红薯。"

尹元根一直等到大家走出实验室，他才走出实验室。他不愿看到大家在这个饥饿时期加班，更不希望大家在这个饥饿时期倒下。

周望岳由于肚子饿，没有力气走路，不到一里路的宿舍区他走了半个小时。他打开家门，人就倚在门边，像是没力气走进去。挺着大肚子的董坤年，赶紧把周望岳扶进门。

董坤年望着周望岳疲惫不堪的样子，心想：现在是顺丁橡胶科研小组的关键时刻，而我的身子也到了不能自理的时刻，但我不能因为生孩子而影响到他。

董坤年披了件衣服，挺着大肚子出去了。

董坤年挺着大肚子，一步步挪到电话亭，她拨通昆明娘家电话，对接电话的母亲说："我想回家生产。"

母亲在电话里表示欢迎女儿回家生产。

周望岳看到董坤年挺着大肚子从外面回来，手里还提着一篮子快蔫儿了的菜叶子，便赶忙接过菜篮，责怪她，说："你不要外出买菜，在家好好休息，买菜的事让我来。"

周望岳提着菜进厨房，他先把饭煮上，又去洗菜叶。

董坤年挪到厨房门边，对周望岳说："母亲来电话了，她要我回家生产。"

周望岳望着她，抱歉地说："坤年，是不是我这段时间没照顾好你，你向他们告状了？"

董坤年说："没有。是妈妈不放心我在这里生孩子。"

周望岳说："岳母怎么照顾你？我记得岳父身体不好，她要照顾岳父。"

董坤年说："谁叫她是我母亲呢！在母亲眼里，我生产才是她天大的事。"

周望岳说："在我这里也是天大的事啊！让我来照顾你。"

董坤年说："你就专心搞你的科研吧！看你晚上都在整理数据，梦中还在说那些反应式，你怎么照顾我？"

周望岳愧疚地说："对不起了。"

董坤年说："我同意去了。"

周望岳说："让岳母照顾你生产，我感到不好意思。"

董坤年说："没事的。我没有生产经验，她有经验，她知道怎样照顾我。"

周望岳说："那只能辛苦她了，你生产完我就接你回来。"

董坤年说："你明天就送我去昆明吧！"

周望岳说："我安排一下实验室工作就送你去昆明。"

1962年3月17日，周望岳千里奔波送妻子到昆明，两天后，他的儿子在昆明出生。他抱着新生儿子欣喜若狂时，他妻子患乳腺炎要住院治疗。周望岳把妻子送到医院，妻子住院治疗不能给小孩喂奶，小孩整夜整夜地哭，岳父岳母既要照顾婴儿，又要照料在病房的女儿，忙得团团转，不可开交。周望岳看到两位老人格外辛苦，心里过意不去。他主动承担起照顾妻子的责任，让他们带婴儿回家休息。

周望岳陪在病房照顾妻子，心里既担心妻子的病，又惦记第一代催化剂的研制进度。

董坤年看出了他的心思，说："回去吧！抓紧把第一代催化剂研制出来，研究所都在盼望着呢。"

周望岳说："你这里怎么办？"

董坤年说："只好辛苦父母亲了。"

周望岳说："等你病好点，我再来接你。"

周望岳拉着妻子的手，他不能留下来照顾她，心里过意不去。

董坤年说："我不在你身边，你要自己照顾好自己。"

董坤年说完，头转到一边睡觉了。周望岳自言自语道："我走了，你要早日康复，否则，我也不会安心啊！"他走出病房，轻轻掩上门。

周望岳一个人绕道武汉、郑州踏上陇海线回兰州，折腾了10天240个小时，疲惫不堪地回到了兰州。

三、第一代钼系催化剂诞生

这天，周望岳、王心安、唐永山去西固兰州炼油厂，装回 20 升小钢瓶液化气，作为制备丁烯氧化脱氢制丁二烯的原料。

周望岳在大连石油研究所做过催化裂化生产汽油用的白土催化剂，研究制作过加氢催化剂、加氢裂化催化剂。他对制备催化剂已积累一定的经验，但还没有制备过氧化用的催化剂类型。周望岳分析过选择氧化用催化剂不仅要具有一般催化剂的吸附—反应—脱附的性能，而且要具有催化剂中元素在催化剂过程中被还原和再被氧化的性能。

周望岳查阅丙烯氨氧化制丙烯腈所用的催化剂，认定钼系催化剂具有氧化—还原的特性。钼元素能以零价、正二价、正四价和正六价四种状态存在，可以作为主元素。铋元素能以零价、正五价和正三价状态存在，可以作为第二元素。

第一代丁烯氧化脱氢制丁二烯用的催化剂就这样诞生了。

这时，在实验室拼接起来的反应系统上，在 450℃左右的温度下，以设定的正丁烯：水：空气的比例的原料气通过自制的钼—铋催化剂后，产物气经气相色谱分析，可以清楚看到谱线显示出有少量的一氧化碳和二氧化碳。三个正丁烯原料峰已不大，而最大的丁二烯峰是要得到的产物。

太好了！

大家拍着手，按捺不住地高兴。

这时，周望岳说了一句颇有诗意的话："终于看到新反应问世的曙光。"

终于看到新反应问世的曙光，也就是说，在新过程中看到了成功的吉兆。

看到成功吉兆的顺丁橡胶研究小组一刻也没有松懈，他们知道，这只是一个好兆头，一个希望的开头，后面的路还很长。要完成顺丁橡胶科研成果，这只不过是万里长征迈出的第一步。

周望岳埋下头，在实验室制备催化剂，王心安、唐永山两人负责反应系统，邢崇盛负责分析。他们希望实验结果出现"达标"两个字。

"达标"的指标，即在预定的反应温度、预定的原料比（即正丁烯：水：空气）的条件下，正丁烯原料是通过新装催化剂之后生成的生成物中的色谱峰面积计算出来的。

不同配方的催化剂，一个接一个评价下去，每次反应条件都对，试验没有出现障碍，然而，反应结果给出的竟都是：不达标。

"怎么会是这样？"大家迷惑不解。

周望岳毫不犹豫地说："再来！"

大家各就各位，调试之后，实验从头开始。

第二轮试验，反应结果仍然给出：不达标。

实验室里有了第一次"再来"，就有了一次次"再来"。每次"再来"都是眼看胜利在望，给出的结果却仍然是"不达标"三个字。

周望岳制备的催化剂，王心安和唐永山在反应系统进行到第 90 次时，邢崇盛在显示上仍然看不到"达标"。

邢崇盛说："已经第 90 次了。"

周望岳说："大家不要气馁，我相信一定会达标的。"

周望岳在鼓励大家，实际上，也是在鼓励自己。鼓励自己不要放弃，要坚持下去。只有坚持下去，才能看到成功的希望。

周望岳、邢崇盛、唐永山、王心安一头扎进实验，实验又重新开始，大家心里只有一个念头，一定要成功地看到"达标"。

正在这时，一个高高大大的年轻人向着实验室走来，他叫李树本，刚从天津大学毕业分配到兰州化物研究所，研究所把李树本分配到顺丁橡胶科研小组。

周望岳握着李树本的手说："我们科研小组有了你的加入，如虎添翼。"

李树本说："我是一个刚从学校走出的学生，我要好好跟前辈们学。"

周望岳说："现在我们在制作催化剂。"

周望岳带李树本和自己一起配制溶液、制作催化剂。

不久，周望岳发现，李树本有一个从天津大学分配到兰州研究所的女同学李清沂，她下班后，按时给李树本从食堂打来饭，送到实验室。她有时也会站在一边，看大家做实验。

周望岳笑着问："什么时候吃你们的喜糖？"

李树本说："还没到时候。实验没成功，还是先集中精力研究顺丁橡胶吧！"

谁料，由于顺丁橡胶这个项目，他们开始了马拉松式的恋爱，一谈就是十年。

这是后话。

实验室又在紧锣密鼓地进行实验，当实验进行到第98次时，在一边记录的李树本，惊喜地告诉周望岳："看，反应结果给出'达标'啦！"

正在低头操作的周望岳抬起头，惊奇地问："达标了？"

李树本说："是的。是的。"

周望岳感叹道："终于达标了！"

王心安说："达标了，我们成功了！"

唐永山说："我们终于成功了。"

邢崇盛说："我们顺丁橡胶科研小组取得的实验结果，比苏联报道的结果还要好。我们和美、苏科学家同步开辟了这个新反应过程，但我们取得了领先国外的实验结果。"

邢崇盛说着，与周望岳、唐永山、王心安、李树本抱成一团，欢呼、跳跃，喜悦的泪水从他们脸上哗哗地流下来。

笔者在杭州采访 89 岁高龄的周望岳时，感觉他像个 60 多岁的人，耳聪目明、步伐稳健。如果不是亲眼所见，亲耳所听，笔者都不会相信，这简直是个奇迹。周望岳告诉我，他退休前十多年都在浙江工业大学当教授。当我谈起顺丁橡胶时，他对那次实验记得清清楚楚。他告诉我："这个实验结果，是各国教科书上从未出现过的新反应，是一个在世界上没有先例的新工艺，而且与当时已经工业化的丁烯催化脱氢相比，该工艺简单，效果却要好出几倍。我们终于成功了。这是中国橡胶事业迈出的第一步，也是至关重要的一步。研究所领导看到我们的实验结果，要求我们研究小组尽快写出学术报告，争取能在 1963 年 10 月召开的全国第一次催化报告会上宣读。那天，我代表单位在全国第一次催化报告会上发完言，顿时轰动全场，不管是学术界还是工业界，都对兰州化物研究所取得的成果感到十分惊奇。"

第四章　摸索前进

Chapter Four

一、中试实验，像一场紧张的战役

一天中午，周望岳、邢崇盛、唐永山、李树本、王心安五人经过篮球场时，看到有人在组织一场篮球对抗赛。

周望岳说："趁午休时间，我们和他们比比？"

王心安说："好啊！好久没打过球了。"

平时，他们最爱的运动就是打篮球，这一年专心做实验，一直没有打篮球，现在逮到这个机会，大家都想上场表现表现。王心安伸了伸腿，双手向上举了举，拉松上肢。周望岳、邢崇盛、唐永山、李树本在球场周边小跑了几步，算是活动活动四肢。

周望岳问："可以了吗？"

大家说："可以了。"

他们五个人一齐跑进场，参加篮球对抗赛。

球赛进行得很激烈，球场上的分数从 1∶1 开始，不分上下，比分咬得很紧。球赛快要结束时，一个关键性球传到周望岳身边，周望岳抢到关键性的这个球，他跑得急，加上一年来没有运动，就在他跳起来投篮时，球顺利投进篮里，他们赢了，可是他跌倒在地，再站起来时，腰板扭伤了。大家扶起他，凯旋。

年轻气盛的周望岳，没把腰扭伤当回事，以为过几天就会好。那段时间，实验室需要查看许多英文资料，他要把这些英文资料翻译出来。白天他在实验室做实验，晚上回家翻译这些资料，每天都翻译到深夜。周望岳腰板扭伤还没有得到恢复，再经过连续的伏案工作，导致腰椎间盘突出。他再去实验室时，双手扶着腰一拐一拐进门。

周望岳这种状态被研究室支部书记崔光丽撞见。崔光丽说："停下你手里工作吧，去医院。"

周望岳说："我躺两天就会好，现在我们正在进行中间实验。"

崔光丽书记说："不行。你得听组织的话。"

周望岳说："没事的，贴两块膏药就会好。"

周望岳从药店买了膏药贴上，腰椎间盘突出似乎好了，也不那么疼了，可是到第二天，腰椎间盘突出不但没有变好，反而愈来愈厉害，导致他起不了床，不得不去医院。

医生给周望岳诊断：立即住院治疗。

医院床位紧张，崔光丽书记通过努力，联系到兰州军区陆军医院。

周望岳做完腰椎间盘手术，没能恢复，接着做第二次手术。第二次手术后，严格控制睡姿，一个多月没有下过地。

这天，李树本来看望周望岳，告诉他兰州化学工业公司希望将顺丁橡胶科研小组的研究成果进行中间实验，付诸工业生产。

周望岳说："这是一个好消息，我要去兰州化学工业公司汇报中试设想。"

周望岳得到这个消息后，一刻也不能安稳地躺在病床上了。他第一次下地，发现不能行走，护士拿来双拐，他拄着双拐到主治医生那里，要求出院。

崔光丽说："你现在还不能出院。"

周望岳说："现在中试实验迫在眉睫。"

医生说："不行，安心把病治好。"

那几天，周望岳拄着双拐，天天到医生那里，医生在他的纠缠下，无奈同意他提前出院。

周望岳搭上一部便车，来到兰州化学工业公司，介绍他们的研究成果和中试设想。

兰州化学工业公司派车把周望岳送回研究所。

尹元根说："这就出院了？"

周望岳说："我已好了。"

尹元根说："全好了？"

周望岳拄着拐杖弯腰，又踢了踢腿，说："看到没有？全好了！"

尹元根笑着说："哪有拄着拐杖踢腿的？"

周望岳说："我的头脑没有拄拐杖。"

尹元根说："好吧！兰州化学工业公司和化工部兰州第五设计院，根据我们兰州化物研究所的意见，编写出丁烯氧化脱氢制丁二烯的中试报告，已经上送到化学工业部和中国科学院，现在正式向国家科委提出申请。"

周望岳连连说："太好了，太好了！"

一个星期后，国家科委批准了"顺丁橡胶中试开发"项目。接着，国家科委立项批下中试经费人民币400万元，另批美金15万元给兰州化物研究所用于购置进口仪器设备，指示公司尽快进行中试并取得预期成果。

这时，兰州化物研究所党委书记张波为了这次实验，专门去北京购置仪器。

红军出身的张波，当年从江西苏区出发，红旗漫卷，铁流二万五千里，胜利到达甘陕根据地。中华人民共和国成立后，他响应党的号召脱下军装，投入向科学进军的新长征，从某军九师师长转为研究所党委书记。

这天，尹元根接到张波从北京打来的电话，要他立即派人去北京接一台日本产的气相色谱仪。

尹元根走到实验室，对周望岳说："告诉你一个好消息，你可以带一个人去北京接一台日本产气相色谱仪了。"

周望岳说："这是我们实验室迫切需要的气相色谱仪啊！太好了！"

周望岳转身对王心安说："去订票，我们去北京接气相色谱仪。"

周望岳正准备出门，尹元根把他拉到一边，意味深长地说："顺丁橡胶中试开发项目批下来，这是一项关乎国计民生的大事。"

周望岳说："我们研究小组一定全力以赴完成这项任务。"

尹元根拍了拍他的肩膀说："担子不轻呀！"

周望岳默默地点着头。

笔者从兰州化物研究所档案中看到：1964 年 1 月，兰州化物研究所立即组织力量，进行顺丁橡胶的中试开发，选出承担研究制备的负责人有尹元根、周望岳、沈师孔、汪汉卿；研究人员有李树本、沈师孔、丁时鑫、安立敦、邱凤炎、杨静文、王延、胡修元、颜尚明、孙照银、吴光荪、陈献诚、陈治文、刘俊生、徐贤伦、阎里选、王心安、邢崇盛、唐永山。他们依照兰州化学工业公司研究院的中试要求，开展丁烯氧化脱氢制丁二烯的中试研究。在进行第一代磷—钼—铋催化剂研究和制备时，兰州化物研究所又抽调孙来成、缪德埧、赵进长、张大元、柳桂英等科技人员来参战。兰州第五设计院派出以马恩华副院长为首的工作组，一直跟进，从工业化设计要求出发指导中试方案的设定，努力取得工业化设计不可缺少的参数。

1964 年至 1965 年，经过两年努力，绝热床丁烯氧化脱氢制丁二烯和顺丁橡胶聚合全流程的每年 500 吨顺丁橡胶规模的中试，在兰州化学工业公司研究院顺利完成。

二、两条腿走路，成功把握更大

1965 年 8 月的一天，锦州石油六厂由王国斌厂长带队，任道远总工程师等一行 6 人代表团，专程访问兰州化物研究所，希望在中试采用绝热床的基础上，协商共同开发丁烯氧化脱氢制丁二烯和顺丁橡胶聚合中试装置。

兰州化物研究所派出周望岳接待锦州石油六厂代表团。

这天早上，周望岳来到研究所的单位招待所，订了三个房间，又在食堂订了一桌餐，菜品严格按上级规定，只有两个荤菜。九点半，他找到研究所司机，坐进研究所那部叮当响的面包车，去火车站接锦州石油六厂代表团。

周望岳举着一块写着"锦州石油六厂"的牌子，站在火车站出口处。一群人朝周望岳身边走过来，当周望岳看到其中一个高高大大的人像他大学同学张国栋时，先是吃了一惊，继而以为自己看错了，他眨巴眨巴眼睛，仔细打量，没错，真的是他的大学同学张国栋来了。

身材魁梧的张国栋，典型的中原汉子，原就读于东北工学院化工系，1951 年东北工学院改称大连工学院，院系调整时把他调到与周望岳一个班，共修石油炼制专业。

周望岳惊喜地迎上去，握住张国栋的手说："没想到老同学也来了，怎么不提前告诉我？"

张国栋说："想给你一个惊喜。"

周望岳说："真是一个惊喜。第一眼看到你时，我还以为认错人了。"

张国栋给周望岳介绍王国斌厂长、任道远总工程师等人。周望岳一一与他们握手，连声说："欢迎！欢迎！"

周望岳把他们带到车边，说："请上车。"他拉张国栋坐到后排。

周望岳说："大学毕业有十多年未见面了，没想到在我们兰州再见面。"

张国栋说："无事不登三宝殿，这次来我们想与贵所共同开发丁烯氧化脱氢制丁二烯和顺丁橡胶聚合中试装置。老同学要促成这件事呀！"

周望岳说："好事，是一件好事，我们研究所会积极响应。"

车子在招待所门前停下，周望岳跳下车，从外面拉开门，请他们一一下车，带他们在招待所住下来。

周望岳对王国斌厂长说："你们先休息，我去通报尹元根主任，等会见。"

周望岳走出几步，又返回来，走到张国栋面前，悄悄对他说："晚上我请老同学吃兰州拉面。"

张国栋说："好呀！兰州拉面可是兰州一绝。"

周望岳说："我去了，等会见。"

周望岳跑到尹元根办公室门口，发现他办公室里有两位领导正有事，他站在门外等待。一会，尹元根和研究所领导走出办公室，周望岳叫了一声："尹主任。"

尹元根问："锦州的客人到了吗？"

周望岳说："到了，我已安排好了。"

尹元根看了看手表说："十一点多了。走，我去见他们。"

尹元根边走边问周望岳："他们来商讨与我所共同开发丁烯氧化脱氢制丁二烯和顺丁橡胶聚合中试装置，你怎么看？"

周望岳说："我觉得这可以为实施工业化多出一个可选的方案。"

尹元根说："说说看。"

周望岳说："我就说列管式固定床放大过程，只需多加列管，而不存在催化剂放大问题，对催化剂强度要求也不苛刻，只是将 100 立升催化剂装入 100 根管子有些麻烦。"

尹元根点着头。

周望岳说："锦州石油六厂，是国务院石油部的一个企业。"

尹元根说："从实力上看没有问题。"

周望岳又说："而且是一个拥有几千职工的大型先进企业。"

尹元根说："这样看也没有问题。"

周望岳说："他们还有一支过硬的技术队伍。这次是王国斌厂长带队，任道远总工程师和我大学同学也来了。"

尹元根说："哦！你大学同学也来了，大连工学院出来的人都很厉害哦。"

周望岳毫不谦虚地点着头。

尹元根和周望岳刚走进招待所，王国斌就迎了上来。

周望岳向尹元根介绍道："这位就是锦州石油六厂王国斌厂长。"

尹元根握着王国斌手说："您就是王厂长。欢迎！欢迎！"

周望岳又向王国斌介绍："这位是我们研究所尹元根主任。"

王国斌说："尹主任，您好！您好！"

尹元根在周望岳的介绍下，与锦州石油六厂一行人握手，然后说："大家一路辛苦了，先去吃饭。请你们去食堂吃个便饭。"

尹元根拉着王国斌走进食堂一间小房，他把王国斌拉到自己身边坐下。

王国斌说："在国外，工业丁烯催化脱氢是在高于 600℃ 的高温下，通过一种催化剂床层来完成的，工艺方法落后，设备要求又很严，这些难以做到。"

尹元根说："现在我们研究的新方法，是丁烯和空气在 350℃—470℃ 的中温下通过我们自己研制成功的磷—钼—铋催化剂得到丁二烯。这种工艺方法先进，设备要求反而不高，我国完全可以自己制造。"

王国斌点着头，说："能自己制造好，能自己制造好啊！"

尹元根表态："我们非常乐意与你们共同开发这项实验。"

王国斌厂长表态："我们锦州石油六厂愿意承担全部费用，不用向上级申请任何开发经费。"

尹元根问："你是说经费不成问题？我没听错吧？"

王国斌肯定地点着头。

尹元根说："太好了，你们解决了我们一件非常头疼的事。你们不知道，研究所经费十分有限，可以说相当紧张。"

王国斌说："我们想把厂里的中试规模定为，年产丁二烯100吨，需条状催化剂100升。"

尹元根点头示意，说："你们的想法和我们的想法完全一样。"

尹元根谈到锦州石油六厂再建一套年产顺丁橡胶500吨规模的全流程中试装置，丁烯氧化脱氢用列管式固定床。这套中试装置可以考察列管式固定床对丁烯氧化脱氢过程的适应性，弥补了当时在兰州化学工业公司无法完成的中试项目。

尹元根进一步阐述，因为丁烯原料是来自兰州炼厂已经分离的石化气，未经前乙腈工段和后乙腈工段分离，也没有采用炼厂气作丁烯氧化脱氧的原料实验。在将来工业化时，丁烯原料肯定不会是未经分离的石化气，因此必须在中试中取得前乙腈、后乙腈的分离参数。

王国斌点头，表示可以考虑。

餐桌上，尹元根与王国斌毫无保留，越谈越近，对提到的一些具体内容和要求，双方都能默契地达成一致。

饭后，王国斌带锦州石油六厂一行人走进尹元根办公室，他要与兰州化物研究所签署协议。

王国斌握着尹元根的手说："希望我们合作愉快。"

尹元根说："那是一定的。"

王国斌说："那好，现在我们就离开兰州。"

尹元根说："怎么刚来就走？住一晚吧！"

王国斌扬了扬手里的协议，说："这个协议有很多工作要做，我们要赶快回去准备。"

王国斌执意要离开，任尹元根怎么留都留不住。尹元根无比感慨地说："第一次与你们打交道，就发现锦州石油六厂是一个高效率的企业。"

王国斌握着尹元根的手说："这是我们企业一贯的作风。"

周望岳拉着张国栋说："怎么就走？说好了晚上去吃兰州拉面。"

张国栋说："留着吧！还怕没机会吃兰州拉面？今后我们还要共同战斗呢。"

没想到，张国栋这句话为后来的科研埋下了伏笔。在周望岳和张国栋共同研发顺丁橡胶的岁月里，他们一起度过了人生中最艰难的日子。可以说，顺丁橡胶的研发是兰州化学物理研究所与锦州石油六厂共同完成的事业。

这是后话。

如果说，锦州石油六厂是一个高效率的企业，那么兰州化物研究所就是个行动快的科研单位。

尹元根立即向兰州化物研究所领导汇报与锦州石油六厂共同开发丁烯氧化脱氢制丁二烯和顺丁橡胶聚合中试装置之事。研究所张波书记、申松昌所长、科研处金振声处长等人，觉得与锦州石油六厂共同开发丁烯氧化脱氢制丁二烯和顺丁橡胶聚合中试装置的这个设想很好，可以施行。

张波书记就与锦州石油六厂共同开发丁烯氧化脱氢制丁二烯和顺丁橡胶聚合中试装置之事，向中国科学院请示。

中国科学院回复，这是一件可行的事，同意合作。

尹元根获得中国科学院批准的这天，他专程到兰州化学工业公司总经理林华的办公室，向林华汇报与锦州石油六厂共同开发丁烯氧化脱氢制丁二烯和顺丁橡胶聚合中试装置之事。

林华说："两条腿走路，成功的把握会更大。我们表示支持。"

三、我们团队，在与时间赛跑中抢占了先机

1965 年 10 月 5 日，锦州石油六厂请兰州化物研究所派人指导生产 150 升第一代钼系丁烯氧化脱氢用催化剂和筹备中试放大工作。

兰州化物研究所派周望岳去锦州石油六厂，指导生产 150 升第一代钼系丁烯氧化脱氢用催化剂和筹备中试放大工作。

10 月 6 号，周望岳坐火车来到锦州石油六厂。

锦州石油六厂是一家以炼油为主、化工为辅的燃料型炼油化工企业，建于 1938 年。1937 年，日本侵略者为了解决侵华战争对石油的迫切需求，决定利用阜新丰富而廉价的煤炭资源，购买德国成熟的费—托法合成石油技术，选择锦州这块交通运输、人力、水源便利的地方，建立东方人造石油工厂，由伪满政府及日本的几个株式会社合资成立"满州合成燃料株式会社"。日本人为了长期占领中国的东北，工厂正式破土动工，主体煤炼油生产装置迪地尔炉建成，合成燃料厂开始生产。1945 年日

本战败，1946 年国民党政府接收合成燃料厂，他们认为合成石油不如进口石油方便，就将机器设备和特种文献运往上海、台湾，工厂变成了一片废墟。1948 年锦州解放，工厂回到人民手中。工厂重建，这个工厂成了当时全世界唯一的合成石油工厂，成功炼制出新中国第一滴合成石油。1960 年，世界各国都把橡胶视为战略物资，中国橡胶 90% 依靠进口，而帝国主义对我国实行橡胶封锁，国防安全受到严重威胁，锦州便开始自主研发合成橡胶。

张国栋带周望岳走进锦州石油六厂车间，周望岳发现他们的列管式固定床反应装置筹建进度极快，中试装置的筹备工作也在全面铺开。

周望岳对张国栋赞道："才两个月时间，丁烯氧化脱氢制丁二烯及丁二烯聚合的全流程就都建成了。"

张国栋笑了笑说："你不知道，我们从兰州回来，马不停蹄地开展工作，一股作气往前赶。"

周望岳说："你还是和在学校时一样，办事有股子牛劲。"

张国栋说："没有股牛劲可不行呀！"

周望岳点着头说："老同学说得好，没有股牛劲可不行。"

周望岳随张国栋往前走，他看到前乙腈设备的试运行，核心设备——反应器也已就位。第一批中试用的催化剂担体（直径 2.5—3.0 毫米，长度 10 毫米左右的条形体）也已生产出来。

周望岳无比感慨地说："你们雷厉风行的作风，可称全国第一呀！”

张国栋说："全国第一称不上，就等你来指导生产 150 升第一代钼系丁烯氧化脱氢用催化剂和筹备中试放大工作。"

周望岳说："我随时待命，一切行动听你指挥。"

张国栋笑着说："我怎么指挥你？你是我们请来的专家。"

周望岳说："专家不敢，我们一起研究吧！"

张国栋带周望岳走出车间，送他到招待所住下后，说："要不要休息一天？"

周望岳说："不用，我收拾一下，下午就进车间。"

周望岳指导生产 150 升第一代钼系丁烯氧化脱氢用催化剂时，张国栋带领技术员，全力以赴，经过连续 30 天的工作，将催化剂制造完成。在往列管式反应器中装催化剂之前，张国栋、陈亚、乔三阳等 6 名科技人员和操作工人一道，用了整整一天，才把直径约 3 毫米、长 10 毫米的钼系催化剂送达现场。

可以往列管式反应器中装催化剂的时候，时间已到了 11 月中旬。

锦州进入 11 月份就开始下雪，白天气温 $-15^{\circ}C$ 左右。在大雪纷飞的日子里，大家要往 100 多根 2 米高的管子里装催化剂，要求 100 多根管装进催化剂后的阻力全相等，使丁烯原料能以相同的速度通过这 100 多根反应管的每根管子。

这无疑是一项艰巨的任务。

张国栋对往列管式反应器中装催化剂的科技人员和技术工

人说："往列管式反应器中装催化剂要求如下：一是每根管装入不能出现短路现象；二是要测定每根管装催化剂后的压差，必须在允许的范围之内，不然就要增减催化剂的量。"

在往列管式反应器中装催化剂的那天，北风呼啸，气温低至－20℃，锦州石油六厂车间里却是热气腾腾。王国斌、任道远、张国栋亲自指导，陈亚、乔三阳、林多福监场。送催化剂的一班人、称重的一班人、装填的一班人、测压差的一班人、做记录的一班人、发令增减催化剂的一班人，场面颇为壮观。送催化剂的人把催化剂送到，称重的人立即称重，装填的人立即装填，测压差的人立即测压差，做记录的人立即记录压差，发令增减催化剂的人立即发令增减催化剂，流水作业，各司其职，有条不紊，认真负责。

有时这班人工作完成了，看见另一班人的工作还没有完成，主动走过去帮他们一把。等列管式反应器中的催化剂装完，车间才平静下来。

这时，任道远下令："盖上封顶。"

大家刚盖上封顶，张国栋马上检查，确认封顶没出现任何问题后，他走到任道远跟前汇报："封顶已盖上。"

任道远又下令："试漏。"

大家开始试漏。

当这一系列程序完成，任道远开始检查全流程连接、仪表状态，他发现流程连接、仪表状态都正常，兴奋地说："现在是万事俱备，正待东风。那东风就是'点火'。"

点火是整个流程的关键之举。

锦州石油六厂领导为点火临时开了个小会，加强了对点火人员的安排。待一切安排就绪，厂领导直奔现场，指导这关键之举——点火。

点火之时，正是引丁烯、空气和水蒸气进入催化剂床，开始升温运行的时候，可天公不作美，大雪一刻没有停，还赶上锦州刮七级北风，气温急剧下降，直接降到−27℃。自来水被冻住了，反应器系统的冷水管全部结冰，冷却系统无法工作。

怎么办？

周望岳看到无数双眼睛望着自己。

大家都知道，如果反应系统不能正常运行，那么前期的努力就全白费了。

不光是前期的努力全白费了，甚至会有人怀疑这项工作能不能进行、还要不要继续进行下去。

周望岳说："我们没有别的办法，只有人工解冻。"

张国栋立即吩咐车间工人去买水壶。

一会，车间买回几十把水壶，王国斌提起 6 把水壶，递到张国栋、陈亚、林多福、乔三阳、周望岳手里。他们 6 个人和车间主任、技术人员、工人们一道，在车间的蒸气炉前一壶壶接开水。每人提着将近 100℃的开水壶，一个挨着一个，排着一支长长的队伍，登上几米高的管架，在北风呼叫、天寒地冻的车间里，沿着冷水管浇开水，进行化冰解冻。

周望岳不习惯戴帽子，在－27℃，伴有七级北风的情况下，提着水壶爬上 2 米高的管架，只要待上半分钟，耳朵就像被割去一样疼。其他提水壶的人，虽然戴着雷锋帽，耳朵是遮住了，风不会刮疼耳朵了，但露在外面的脸、鼻子也是受不了。他们浇完一壶开水，立即下来，跑进屋暖暖身子，再提一壶开水上去。这支队伍就这样一上一下，用了半天时间，才把整条水管打通，反应系统才进入正常运行。

大家看到反应系统进入正常运行，才松了一口气。他们拍了拍冻僵的双手，摸了摸冻僵的脸庞，跺了跺冻成冰棍的两条腿。

周望岳笑着对他们说："我们新中国第一代大学生，全冻成冰棍了。"

张国栋说："但我们组成的坚强团队，在与时间的赛跑中抢得了先机。"

大家的脸上露出了笑容。

这时，任道远又一声令下，周望岳启动装置，丁烯氧化脱氢的丁烯原料、空气、水蒸气按预定比例分别进入预热系统，然后进入反应器。

丁烯氧化脱氢制丁二烯的反应系统进入工作后，流动的自来水不再结冰，一切都进入正常运行，而且全流程的运行很顺利，钼系顺丁橡胶移植放大实验成功。

周望岳教授口述回忆道："列管式反应器的丁烯氧化脱氢

中试进展顺利，也获得了颇为满意的成果，但是，钼系顺丁橡胶移植放大实验的成功，并不是实现顺丁橡胶的工业化生产。于是，化学工业部和石油工业部在北京召开汇报讨论会，为下一步的工业化做准备。在会上，我和中国科学院长春应用化学研究所（以下简称长春应化研究所）欧阳均主任是重点汇报对象，任道远为了我们汇报和讨论方便，特意安排欧阳均和我同住一室。那次的会议开得十分成功。不久，经国家科学技术委员会（现为中华人民共和国科学技术部）批准，在兰州石油化工公司和锦州石油六厂建立了两套世界最早的中试装置。"

第五章　橡胶会战

Chapter Five

一、走向工业化的前夕

1965 年，在国家科学技术委员会组织的全国顺丁橡胶发展规划讨论会上，酝酿了顺丁橡胶大会战，决定由石油工业部牵头，联合化学工业部、中国科学院等部门开展顺丁橡胶工业化研究与开发大会战。会战地点定在锦州石油六厂，由石油工业部副部长张定一亲自抓。

锦州石油六厂不辱使命，积极做好大会战前期工作。厂长王国斌和党委领导做出决定，将厂里的设计室与研究所组成设计研究所，总工程师任道远为设计研究所所长，厂党委常委赵鹏龄为副所长，厂党委常委周国祥为党总支书记。从全厂 8000 名职工中抽调技术人员和有实践经验的工人，到设计研究所报到，准备参加橡胶大会战。

锦州石油六厂设计研究所的人员数量从以前设计室和研究所的 100 多名，一下子增加到近 500 名，任道远把整个设计研究所人员按单体制造，单体分离、聚合，产品加工应用组成，催化剂制造、脱氢、分离、聚合及橡胶测试，分为五个研究大组，设分析及检修两个辅助小组。

王国斌在会上宣布："在技术上，由乔三阳、林敏仙、刘忠和、陈亚同志负责；设计人员主要做千吨级半工业顺丁橡胶装置设计，由葛培源、张国栋、陆维敏同志负责。这次顺丁橡胶技术的工业化研究与开发大会战，是我们锦州石油六厂工作的重中之重。我们要处处为顺丁橡胶'开绿灯'。"王国斌最后表态，他是后勤部长，要为橡胶科研做好服务。

散会后，大会战筹备的工作紧锣密鼓地开展起来。脱氢催化剂、烷基铝的制造及聚合小试技术，以兰州化物研究所和长春应化研究所的小试成果为基础。

王国斌邀请兰州化物研究所和长春应化研究所的科研人员，完成逐级放大和连续化实验。

笔者根据长春应化研究所研究员、高级工程师姜连升文章记载：

长春应化研究所是在"伪满大陆科学院"废址上建立的一个研究所，它集基础研究、应用研究和高技术创新研究于一体，有较强科技创新能力，是在国内外享有较高声誉和影响力的综合性化学研究所。1962年，长春应化研究所欧阳均主任和沈之荃开始以镍和稀土元素催化剂的合成进行顺丁橡胶研究，研制聚合，开展用镍催化体系合成聚丁二烯，他们用了四年时间，完成催化体系的筛选工作，提出四种合成高顺式聚丁二烯橡胶的定型催化体系。

在王国斌的邀请下，长春应化研究所的欧阳均带领沈之荃、王佛松、姜连升等科技人员来到锦州石油六厂，进行逐级放大实验。

欧阳均在锦州石油六厂进行生产溶聚有规橡胶新技术开发时，发现厂里没有完整的合成设备，懂得高分子化合物的人也不多，对于移植新出现的定向聚合技术和合成顺丁橡胶技术，厂里的工人都感到陌生。

张国栋告诉欧阳均："厂里刚成立了设计研究所，这些人来自全厂各个阶层，他们对丁二烯是圆是扁都不知道，对于催化剂烷基铝的合成以及聚合工艺更是陌生。"

欧阳均说："当然，我应该晓得，在国外，连日本合成橡胶工业公司的镍系顺丁橡胶也尚处于工业化开发阶段。在我国有关专家虽然在小试中有了初步成果，但对稍放大的模拟实验也不熟悉，更何况这些半路出家的石油职工呢？"

张国栋说："现在操作有一定难度，学习理解应该有一个过程。"

欧阳均说："这种催化剂的特性是，见空气着火，见水爆炸，在安全上有危险。对于使用原料的含杂质级别允许 ppm 级别，配料必须准确，要求分析、计量相当精确。我们要尽快建立小瓶聚合实验及催化剂合成设备，让他们尽快熟悉掌握基本操作。"

张国栋说："我们对职工们来个短期培训。"

　　欧阳均点着头，表示赞同地说："这个办法好。实验任务紧，进度要赶上会战前完成，强化培训才是唯一的出路。"

　　张国栋说："我去组织技术人员和工人。"

　　张国栋召集锦州石油六厂设计研究所500多人，集中在大会议室里进行强化培训。为了尽快建立小瓶聚合实验及催化剂合成设备，早日熟悉掌握基本操作，设计研究所的人全力以赴、夜以继日。他们不怕苦、不怕累，有的科技人员吃住都在科研现场。工程师苏嗣诵，在一次进行热水凝聚250升釜的聚合胶时，不幸身体被热水烫伤，但他坚持不离开岗位，身上涂了一层消炎药，继续工作；青工阎忠学在双轨炼胶机上进行干燥胶作业时，不慎被压断一根手指，到医院做截指处理，治疗痊愈后，不顾家人劝阻，及时返回工作岗位；连食堂的师傅们都不顾休息，保证科研人员能日夜就餐。

　　欧阳均带领技术骨干下厂，帮助组建实验室、物检室。他又与有关同志一起审查放大装置的设计方案，对建成放大装置进行严格检查，通过小聚合实验决定能否投料，仅用1个多月时间就制造和安装了250升的模拟放大实验装置，包括丁二烯精制脱水装置和溶剂精制干燥回收装置等。

　　这天，欧阳均集中长春应化研究所科技人员，用两台高压釜合成三异丁基铝，提供放大聚合实验，支持锦州石油六厂烷基铝生产装置实验。长春应化研究所对锦州石油六厂的顺丁橡胶研究成果的移植放大实验圆满完成。

二、万人橡胶大会战

1966 年 2 月,人们刚过完春节,还是乍暖还寒的早春,石油工业部、化学工业部、机械工业部、教育部、中国科学院,将在锦州石油六厂进行顺丁橡胶大会战。

顺丁橡胶大会战前夕,锦州石油六厂正在成立顺丁橡胶大会战指挥部,专程请来了石油学院刚从国外归来,且有着丰富石油炼制经验、石油化工理论和建厂实践经验的著名教授武迟,石油工业部领导张皓若,长春应化研究所领导王佛松,兰州化工研究院院长武冠英,大连工学院教授应圣康、顾明初,北京化工学院教授焦书科、施力田。

参加橡胶大会战的人员有石油工业部北京设计院、化工部兰州第五设计院、化工部第一设计院、山西煤化所、北京橡胶研究设计院、广州高分子研究所、大专院校等 30 多个单位的专家、教授、工程技术人员和 1200 名大连工学院高分子专业学生和老师,还有锦州石油六厂的 8000 名员工。锦州市凡是能住人的地方，都住满了来参加顺丁橡胶大会战的人。

这时的锦州石油六厂，红旗高扬，人山人海。

这天，周望岳、李树本、兰仁杰等人从兰州化物研究所去锦州参加大会战。欧阳均、沈之荃、姜连升、孙书棋、龚志等科技人员从长春应化研究所去锦州参加大会战。

周望岳和欧阳均刚到锦州石油六厂，就被召集起来参加顺丁橡胶工作讨论会。

会上除了讨论顺丁橡胶的生产流程方案、技术问题和工作进度外，还进行了明确的分工。武迟为总指挥，张皓若为部领导代表，任道远负责全流程的技术和设备，欧阳均、沈之荃负责丁二烯聚合技术和工艺，周望岳负责丁烯氧化脱氢用催化剂的制备工艺和技术，反应系统的工艺和运行参数的确定，以及全流程物料平衡测试的分析方法和设备的建立。

亲临指挥的武迟、张皓若、任道远、张国栋、王佛松等专家还要负责丁烯氧化脱氢制丁二烯的反应部门，丁烯原料分离和丁烯产物分离、精制部门以及丁二烯聚合等主要部门。

大会战开始，按照石油工业部北京设计院的要求进行的全流程物料平衡测试，是一项十分细致的工作，目的是为大工业生产设计提供可靠依据。为了配合测试全流程的物料平衡，化工部第一设计院、石油工业部北京设计研究院的陈士元、李昌毂工程师也专程赶来了。

武迟一声令下："物料平衡测试。"

为了避免时间差给实验带来麻烦，全流程设定的取样点同步启动。武迟、任道远、张国栋、张爱民每4小时取测试样品一次，一天成功取到3批测试样品。

周望岳、李树本、兰仁杰和锦州石油六厂研究所技术人员，按分析测试的规范要求，对当天样品进行分析测试。分析测试完毕，周望岳将分析结果提供给武迟、张国栋、张爱民，由他们对取得的测试数据进行全流程平衡。

在计算平衡结果时，发现只有三组样品的对应重复性符合要求，但总体物料平衡测试结果未能达到要求。

武迟说："再做一次。"

大家各就各位，每4小时取一次测试样品，取了3批样品，根据要求对3批样品进行分析测试。所得结果和第一次的测试结果对比，重复性相当好，但全流程物料平衡测试，总体物料进出还是不达标。

周望岳开始对两次全流程物料平衡测试结果和总体物料进出的平衡数据进行计算并分析，发现两次取的6组样品的分析测试结果都是进多出少，问题应该出在分析测试上，总体物料平衡时，已将可溶解于水中的有机物估算在内。

那么为什么会出现"进多出少"这个情况呢？

周望岳在第二天吃早餐时，还在回忆分析测试的全过程。这时，他突然想到，进样管的活塞在进样进行切换时会不会留下一点死体积？这些死体积部分的有机物在分析测试的定量计算时被忽略了。

周望岳立即赶到现场，对切换阀的死体积和进样管的体积进行测试对比，然后将死体积中的样品按测试分析，对实际进样的体积进行校准，这样，物料总平衡就可达到要求。

周望岳将这个发现向武迟做了汇报。

武迟说："有道理。"

武迟当场召集会战领导成员开会，决定在消除可能造成误差的死体积后，再进行第三次全流程物料平衡测试。

真如所料，第三次全流程物料平衡测试，完全达到要求。这个研究结果表明，催化剂性能超过国外工业化催化剂的性能，这也使我国成为继美国之后，世界上第二个掌握这一工业生产新技术的国家。

按照这次全流程物料平衡的测试分析数据，可以进行工业生产全流程设计。长春应化研究所对镍系的纯溶剂、催化剂进料工艺和连续聚合挂胶堵管等三大问题进行攻关，这三大问题直接关系着生产装置的聚合工艺。在建立和安装 30 吨模拟连续聚合装置和 6 立方米千吨级聚合装置中，长春应化研究所科研人员利用现有 250 升装置进行单釜连续聚合实验观察挂胶情况，单釜连续投料 20 多次，锦州石油六厂建立万吨级工业装置。

1966 年 5 月，锦州春暖花开，气候宜人。

这天，李树本对周望岳说："不知不觉我们来锦州三个多月了，我们还没有去看看锦州城，去海边走走。"

兰仁杰说："还有，中国的第二故宫就在沈阳。"

周望岳说："等大会战结束后，我们去看看锦州，看看大海，参观中国第二故宫。"

哇！大家一片欢呼。

正在这时，墙壁上的小木箱广播响了，发出一个严肃的声音："紧急通知！紧急通知！在锦州石油六厂参加顺丁橡胶大会战的领导和科学工作者，一律回原单位参加'文化大革命'。"

周望岳感到很突然，大家都感到很突然，纷纷抬头看墙壁上的小木箱。

小木箱的广播在不停地重复紧急通知，后面还加了一句："听到通知后，请立即回原单位。"

广播里语气加重，不容有半点质疑和半点犹豫。周望岳万万没有想到，大会战还没有结束，一些问题还没有来得及攻克，比如生产中出现的"一挂二堵三污水"问题，史无前例的"文化大革命"就爆发了。大会战指挥部被迫解散，轰轰烈烈的顺丁橡胶工业化生产技术攻关大会战被迫停止，参加人员不得不放下手中的科研工作，各自回单位。

当天，武迟等一行领导，不声不响走出锦州石油六厂，返回北京；长春应化研究所的王佛松、欧阳均、沈之荃、姜连升、龚志等科技人员，背起行李，返回长春。

周望岳无奈地摇着头，他要李树本、兰仁杰等人留在锦州石油六厂，参加厂里的"文化大革命"，继续进行顺丁橡胶大会战。他和唐永山、邢崇盛等人回招待所整理行李，直接去火车站。

夕阳西下，周望岳背着行囊，与同事们坐在回兰州的列车上，他望着飞驰的列车，似乎看到顺丁橡胶研制的道路上，布满了曲折和荆棘。

三、锦州石油六厂诞生中国第一块橡胶

笔者从锦州石油六厂橡胶车间副主任林多福和副总工程师陈亚的回忆文章中看到：

1966 年 2 月，陈亚和林多福调到顺丁大会战指挥部，参加锦州石油六厂顺丁橡胶装置的施工、试车、投产。

陈亚和林多福进行顺丁橡胶装置施工时，工地上是一片废墟。

顺丁橡胶大会战指挥部对他们说："三个月时间内完工。"

林多福和陈亚知道，锦州石油六厂要制作 10 座塔、20 多台泵、10 多个罐、几十公里长的管线。工作量大、设备不足，要用这么快的速度完成这么大的工程，在国内外都是罕见的，但他们没有怨言，坚定地说："没有问题。"

顺丁橡胶大会战指挥部又对他们说："而且要按时交给车间试车。"

林多福说："我们按时完成任务。"

时间紧、任务重，现场人多又乱，开始施工时，林多福一刻也不能离开现场。他拿着图纸，一台台设备对号入位，检查规格是否与图纸相符，然后在本子上一条一条、一笔一笔记清楚，对施工质量检查不放过任何大小问题，做到一丝不苟。

制作塔的时候，铆工下料，从制作塔开始一直到安装塔盘为止，整个过程，林多福带领工人进入塔内检查几十次，检查铁板焊前有无打破口，用三角板检查塔盘支撑圈是否水平，近千块塔板钳工安装一层，他们要检查一层，安装与检查产生了矛盾。

安装的人提出："你们这种检查法，影响了我们安装的速度。"

林多福既要做好思想工作，又要坚持检查的原则。

林多福说："在时间紧迫的情况下，我们只能采取这种检查法。"

安装的人终于理解了他们的行为，说："好吧！只能这样了。"

林多福得到安装的人的理解，为了加快检查速度，对数千个浮伐，他们都要用手拨拉，检查是否灵活，每台塔的高度、直径、壁厚、塔盘数、浮伐数、浮伐重量、降温管的所有尺寸、进料口位置等原始资料，项项记录在案，为试好车奠定坚实的基础。那段日子，林多福和工人们不分白天黑夜，不管雨天晴天，吃在工地，睡在工地。他们每天工作超过 12 个小时，夜以继日，终于建成千吨橡胶装置。

千吨橡胶装置的使用需要熟练技术工人去掌握，生产试制顺丁橡胶，对于我们国家来说，是前人从没有干过的事业；对于工人们来说，是没有现成的经验可效仿的。一切从零开始，一切靠自己去摸索。

陈亚晚上给工人们编写科技资料，做到人人有讲义，个个有笔记；在现场，人人进行练兵演习。练兵演习采取官教官、兵教兵，单兵教练的方法。工人们的口号是：学大庆，人人住宿。白天练兵，晚上学习。人人掌握试车技术。

为了保证安全开车，一次性成功，现场开始蒙目练兵。

蒙目练兵就是将每个人的眼睛用白布蒙上，双手摸着从操作间出发，沿着岗位检查路线，最后检查到塔顶，将岗位上一个个阀门、一个个罐、一座座塔、一台台机泵以及所有安全零部件，都用手准确摸上一遍，说出它们的名称、用途，然后又从塔顶走回操作间。

在蒙目考核表演中，为了能考核合格，有的工人脑门磕出不少包，有的摔了不少次跤，还有的把手和脚扭伤了，但他们不放弃，夜以继日地练习，练出真功夫。林多福作为工段技术负责人也不例外，他也参加蒙目练兵，练出一身过硬本领。

这天，石油工业部财务计划司的一为司长对工人们说："兵练精了，要投入真枪实弹的战斗了。今年拿出橡胶，我请大家吃饺子。"

他的话赢得了一片掌声。

兵练精了，投入真枪实弹的战斗时，需首先制定试车规程，按照开车五个步骤，由单机试运到正式投料出产品。在试车时，严格按照顺丁橡胶大会战要求：试车，不允许返工，只能一次成功。

为了试车一次成功，试车操练期间，车间里工人从未休过休息日，从未上个街串个门，从未跳个舞打个球。说句不好听的，连脸都没有彻底洗干净过，有时连刷牙都免了。1966年8月1日，开始进料试车，拿出了橡胶单体——丁二烯。

陈亚兴奋地告诉大家："我们拿出丁二烯了。洋人有的，我们要有；洋人没有的，我们也要有。"

丁二烯拿出来了，就不愁无米下锅了。丁二烯这个东西，它比青年人还活泼，两个丁二烯分子在一定的条件下一挨就"抱上"，生成自聚物堵塔堵重沸器，使生产进行不下去，运转十几天就得清塔、清重沸器。他们利用研究所阻聚剂新技术，解决堵的问题，使工艺一步步完善，使生产顺利进行。

1966年9月30日的夜晚，是一个令人难忘的夜晚。

这晚，徐风送爽，灯火辉煌。

这晚，在一间200平方米的厂房里，聚集着领导、技术人员、工人，厂房外停着一部消防车，严阵以待。

这晚，聚合釜要投料出胶，多少个日日夜夜辛劳谱写成这晚的战歌。

这晚，战斗在第一线的技术人员和工人，他们谨慎而有秩序地按着操作程序工作：进料，加催化剂，调解操作，控制温度与压力界限，严防爆聚造成超温超压，安全地生产出顺式聚丁二烯胶料，经挤压干燥得到一块新产品，一块 50 公斤重的合成顺丁橡胶。

我国成功诞生了第一块 50 公斤重的合成顺丁橡胶。

我们成功了！

我们成功了！

大家欢呼，整个厂房沸腾了。

这块顺丁橡胶以铁的事实证明，大会战在短期内取得了明显的进展，中国人自己制造出了合成橡胶，填补了我国合成顺丁橡胶工业的空白。

能否生产顺丁橡胶，成为衡量一个国家高分子合成工业水平的标志之一。

中国人做到了！

中国成功了！

一为司长拍着手说：“庆祝！庆祝！大家去食堂，包饺子。”

包饺子！

包饺子！

大家在一片欢呼声中，涌进食堂。食堂大师傅拿出面粉和面，男同志拿起擀面杖擀饺子皮，女同志围着案板包饺子。当食堂大师傅把一大锅水烧沸，从沸水锅里捞出热腾腾的饺子时，工人们每人举起一碟饺子，庆祝中国第一块顺丁橡胶的诞生。

第二天，张国栋和乔三阳把这块橡胶送到北京橡胶工业研究设计院。橡胶工业研究设计院领导说："这是我国石油工业走自己道路的成功范例。"这块橡胶得到了石油工业部的通令嘉奖。

石油工业部在大庆召开全系统学大庆的展览会上，展出了锦州石油六厂生产的顺丁橡胶新产品。

之后，这块顺丁橡胶，由郑斯荣、付彦杰、罗喜荣等人做成中国第一条 900-20 汽车轮胎。这条轮胎十分醒目地摆放在北京石油工业部大楼门厅，凡是看到这条轮胎的人，无不为我国能自主生产橡胶感到骄傲。

第六章 "运动"来了

Chapter Six

一、顺丁橡胶项目宣布停摆

1966 年，周望岳和唐永山等人，从锦州顺丁橡胶大会战回到兰州化物研究所时，发现兰州化物研究所没有他们的岗位，顺丁橡胶科研小组莫明其妙地被宣布解散，他们成了没有归宿的倦鸟，个个没有了去向。周望岳像被临头浇了一盆冷水。

随着顺丁橡胶科研小组莫明其妙地被解散，顺丁橡胶科研工作也就正式宣布停摆。作为一个科学家，周望岳感到愤怒和悲哀。

一天，周望岳不知不觉走进实验室，他身后跟着唐永山、邢崇盛，他们不约而同地走进实验室。他们只是互相看了一眼，谁也没有和对方打招呼。他们久久地站在空荡荡的、寂寥无声的实验室里，周望岳的眼睛湿了，唐永山、刑崇盛的眼睛也湿了。周望岳走出实验室时，说了一句："大会战后，不知道锦州那边的情况怎样了？"

邢崇盛摇了摇头，说："没有他们一点消息。"

周望岳说："希望他们万吨级大工厂设计及设备不要停。"

唐永山说："那万吨级大工厂设计及设备可是我们的科研成果啊！"

一个月后，周望岳和一些专家、科学工作者被编入"另册"。

周望岳被编入"另册"的日子里，他每天走进图书室，查看一些资料。他坚信有朝一日，他会回到实验室，回到顺丁橡胶科研工作中，到时这些知识还能用得上。

半年过去了，锦州石油六厂情况怎样？周望岳坐在图书室，心里不由牵挂起锦州石油六厂。

这天中午，周望岳走出图书室，躲避造反派视线，利用中午吃饭的空档，离开单位，走到一个朋友家，他在朋友家偷偷给锦州石油六厂打电话，询问厂里情况。

锦州石油六厂那头传来消息：顺丁橡胶大会战延续过程中，锦州石油六厂在工业化装置上生产出了我国第一块 50 公斤合成顺丁橡胶，建起了一套小试模拟装置。顺丁橡胶大会战进行到后阶段，厂里的"文化大革命"开始了，在万吨级顺丁橡胶半工业装置的设计与施工中，王国斌被迫害致死；任道远被戴上"资产阶级反动权威"的帽子赶下台，被隔离审查，双腿受伤；张国栋、张爱民等工程师被剥夺了继续研制顺丁橡胶的权利，被迫停止工作；锦州石油六厂处于停产状态，工人们有一半回家。

周望岳听到这些不幸的消息，内心悲痛不已，举话筒的手颤抖起来。他放下话筒，朝锦州方向望去，含泪默默悼念王国斌厂长。

周望岳再回到图书室时，看到李树本从锦州被送回兰州化物研究所进行批斗。李树本的"罪行"是他在《毛泽东选集》上写笔记，写笔记本身没问题，但不能在《毛泽东选集》上写。造反派在《毛泽东选集》上查出十几处笔记，他被定为"现行反革命"。

兰州化物研究所的"运动"往深处发展，造反派开始对"走资派"和"反动学术权威"展开批斗、抄家、游街。那些日子，李树本是随时被拉出去批斗的对象，李树本被批斗时周望岳站在旁边陪批斗。

就在李树本被定为"现行反革命"，造反派上门抄家，让他挂着一个"反革命"牌子天天挨批斗，把他往死里整的时候，李清沂，这位李树本大学的同班同学，他们一起被分到兰州化物研究所，从大学开始谈恋爱一直谈到研究所，整整谈了十年，说好了等顺丁橡胶研制成功后结婚的，突然毅然提出和李树本结婚。

李清沂提出和李树本结婚的这一举动，轰动了整个研究所。在那个非常时期，要和一个"现行反革命"分子结婚，旁人都觉得李清沂简直是疯了。像李树本这种情况，女孩子一般躲都来不及。有的女孩子就是结了婚，也会提出离婚。

对于李清沂的举动，组织上不同意，反对李清沂与李树本结婚。李清沂不顾组织反对，坚持与李树本结了婚。

　　和李树本结婚后，李清沂受到波及，被批斗，原因是她没有站稳立场。接着，李清沂被造反派编入"三类人员"，失去了行动自由，在她怀着四个月身孕时还挨批斗。有一次，她挨批斗回来，食堂的工作人员不卖饭票给她，她吃不到饭，就到附近面馆去吃面条，结果面馆的人也不给她吃，说她怀着一个"反革命"的孩子，劝她与李树本离婚。李清沂顶着压力，怀着身孕，走了很远的路，走到没有人认识她的地方去吃面。

　　有一天，下着大雪，李清沂撑着一把伞，挺着大肚子去找面馆吃面，她在路上艰难走着的时候，被研究所所长张波看到，他了解了李清沂的情况后，马上去食堂，做食堂工作人员的工作。食堂工作人员这才肯卖饭给李清沂，她才可以回单位吃饭。

　　李清沂生小孩时，一个人躲到北京娘家，待她生完小孩，回兰州化物研究所上班时，又因李树本的问题，不能回到研究所工作了。

二、专家、科学家被打入牛棚

在造反派掌权的日子里，兰州化物研究所面目全非。研究所的科学家、专家、教授、科技人员被分走了一半，研究所由国防科委接管，改为八一九部队，研究室改为连队，科研课题组改为班。研究所归造反派管。

研究室被改为连队后，周望岳属于连队揪出来的对象，金振声也从科技处被揪出来。金振声 1952 年从南开大学化工系毕业，先在中国科学院大连化学物理研究所工作，后来调到兰州化物研究所，进行喷气发动机燃烧腐蚀机理、高能炸药安定性、石油化学催化和多钼光催化研究。

周望岳和金振声被赶到乡下，关在一个牛棚里劳动改造，每天扫厕所、扫马路、钻暖气地沟、烧锅炉、去火车站运煤。

造反派为了把职工和揪斗对象区别开，他们让揪斗对象胸前挂一块白布，白布上写着本人的"罪行"。周望岳胸前的白布上写着：资产阶级知识分子；金振声胸前的白布上写着：现行反革命分子。周望岳挂着白布走在路上，不明就里的小孩子拿砖头砸他们。他们去食堂排队吃饭，别人不让他们吃，要等所有人吃完了他们才能吃。

一个牛棚里关了50多个人，统统睡地铺。冬天的夜里，地上寒气袭人，就有人感冒咳嗽，起不了床。周望岳从锅炉房回来，顺便提回两个废弃的小锅炉。金振声看到两个小锅炉，便跑出去，从煤炭灰里捡一些烧焦的煤块回来，晚上烧燃两个小锅炉，房间暖和了起来。

这天夜里，外面飘着大雪，刮着北风，几个造反派突然跑进牛棚。他们看到牛棚里的两个小锅炉，就指着周望岳的鼻子骂道："你们这些现行反革命、资产阶级知识分子，睡觉还烧锅炉，还想过资本主义腐朽生活。"

他们骂完，把两个小锅炉带走了。

第二天，造反派来抄家，他们冲到周望岳家，发现他家有一位腿脚不方便的保姆照看他家的三个孩子。

造反派对保姆说："你可以离开周家了，再不要受他们的剥削。"

保姆说："他们对我很好，没有剥削我，我愿意。"

造反派说："你赶快回家。周望岳是资产阶级反动学术权威，你要和他家划清界限。"

保姆说："我走了，三个孩子怎么办？"

造反派说："交给我们看管。"

保姆说："你们是谁？我能把三个小孩交给你们？"

造反派说："我们是决定他们命运的人。你听我们指挥，赶快走。"

保姆说："我还不能走，我要等董坤年回来，把孩子亲自交给她，我才能走。"

造反派说："我们通知董坤年带走孩子，你今天回乡下。"

远离兰州下放劳动的董坤年接到通知后，匆匆赶回家。一进家门，看到哭成泪人的三个孩子，她紧紧地抱住孩子，不断地安慰他们："妈妈在，不要怕。"

之后董坤年带着三个孩子离开兰州，去乡下劳动改造。

三、草原上的牧马人

　　周望岳从牛棚回研究所不久，被下放到草原上一个小农场，当起了草原上的牧马人。

　　周望岳每天上午放马，中午割杂草、铡秸秆、喂饲料，然后用梳子梳理红鬃马毛发。

　　天黑了，周望岳孤单一人，睡在马厩旁边的矮屋里，仰望苍穹，流星划过夜空，呈弧形坠入天幕深处，听着马匹喷吐的鼻息，他想起顺丁橡胶，从胸腔呼出一口气，长叹一声：我何日才能继续研究顺丁橡胶？他又想起了美国化学家查理·固特异，想起英国人 R.W. 汤姆森首次提出充气轮胎专利，英国人 J. B. 邓禄普制造出第一条充气自行车胎，J. F. 帕尔默将帘子线用于自行车胎，一直到第一辆充气轮胎汽车问世，美国人 G. 厄诺拉格用苯胺做硫化促进剂，S. C. 莫特发现了碳黑的补强效果，F. H. 班伯里提出了橡胶密炼机专利，钢丝帘布轮胎开始问世，1948 年，法国米其林公司试制成功了子午线轮胎和无内胎轮胎。

自橡胶被发现以来，人类对橡胶的开发和研究一直没有停止过，而他付之努力的顺丁橡胶却被束之高阁。

想到这里，周望岳心情格外沉重，整夜无眠。渐渐地，他变得忧心忡忡、郁郁寡欢。

突然有一天，周望岳接到上级通知，要对他委以“重任”。

在“文化大革命”这一非常时期，被委以“重任”可以说是一个护身符。有了这个护身符，任何事情都可以遇难呈祥、逢凶化吉。

周望岳被委以“重任”的地方是甘肃会宁县，兰州化物研究所对周望岳委以“重任”的规定时间是半年。

周望岳背着简单行李包，坐长途汽车来到会宁。他到会宁县后发现这里山清水秀、民风淳朴。然而，会宁县没有一个工厂，更谈不上工业，这是一个经济比较落后的县。

穷则思变，勘探队在会宁县勘探出地下有芒硝矿藏后，进一步勘探，得出结论：这里不但有芒硝矿藏，而且储量十分丰富，宜建一个芒硝工厂。勘探队把这个消息汇报给会宁县委，会宁县委决定在县里建造一个芒硝工厂，生产硫酸钠。周望岳就是派去建立芒硝工厂的专家。

周望岳来之前，会宁县把建造芒硝工厂、生产硫酸钠的计划报到甘肃省科委，甘肃省科委想到在草原上放牧的周望岳，他是个难得的化学专家，就下文以委以“重任”的名义，把周望岳调出来，负责建立芒硝工厂，生产硫酸钠，力求改变老区经济的落后面貌。

周望岳到达会宁县，发现会宁县的工厂还没有建立起来，他们就把牌子挂出去了。

会宁县一位领导拍着周望岳肩膀说："会宁县没有工厂，等你来建一个芒硝厂，成为会宁县第一个工厂。"

周望岳说："我努力吧！"

周望岳坐下来与县委班子研究建厂的方针时，县委的人对周望岳说："我们穷呀！财政拨不出钱。"

周望岳说："既然发现会宁县有无穷的宝藏，我们总要想办法开采出来。"

其实周望岳也没有别的办法，穷县要办大事，只有依靠自己白手起家。

周望岳又说："建厂先开矿，开矿需要劳力，我们要解决的第一个问题，是组织劳力。"

县委积极组织劳力，可只组织到一部分劳力。劳力不够，周望岳和开矿工人们就变成了劳力，通过大家的昼夜努力，矿料开采出来了。

矿料开采出来后却遇到了第二个问题，没有汽车，矿料运不出去。周望岳向县委申请购买一辆汽车。会宁县财政拨不出这笔资金，县委的解决方法是，拨极少的钱，买回6头小毛驴，用这6头小毛驴轮番把芒硝从采矿区驮出去。

可爱的小毛驴把优质矿料一批批驮到小河边，小河上面没有桥，遇上天旱退水，他们牵着小毛驴一趟趟涉水而过；遇上下雨涨水时，小毛驴过不了河，工厂只能停产，等到天晴水退了，小毛驴能过河了再生产。

一天，周望岳对矿区领导说："一个工厂，靠小毛驴运送矿料，不是长久之计。"

矿区领导说："只能靠小毛驴了，要不怎么办？"

周望岳说："要是建造一个缆车……"

矿区领导感叹地说："那该有多好。"

周望岳说："让我来试试。"

周望岳绘了一个缆车图样，他拿着图纸找到会宁县农机厂技术人员，与他们商量一道建缆车。这件事得到了县委的大力支持，立即从农机厂派两名技术员，配合周望岳制造缆车。那些日子，周望岳与农机厂技术人员敲敲打打，拼拼凑凑，累得鼻子流黄油。他们利用土洋结合的办法，终于把缆车制造出来了。

通车的那天，县委一位领导赶过来视察，看到周望岳与农机厂技术员架起的小小缆车，说了一句颇有诗意的话：从此天堑变通途，小毛驴"退休"了。

缆车架起，道路畅通了，周望岳看到一车车矿料被运到工厂时，他又遇到第三个问题，没有炼制硫酸钠的锅炉。

周望岳把买硫酸钠锅炉的计划报到省科委，省科委立即送来两台2吨规格的锅炉。周望岳把这两台锅炉安装好，就开始生产硫酸钠了。工厂虽然规模不大，但毕竟建起来了。

　　这年，芒硝矿的年产值竟达人民币 50 多万元，对会宁县而言，真是令人惊喜的天文数字！

　　兰州化物研究所当时对周望岳定下的是半年轮换。因为会宁芒硝厂离不开他，硬把他留下来，直到一年后才由方展盛来接任。

　　周望岳见到方展盛问的第一句话就是："几年过去了，锦州石油六厂的情况怎样了？"

　　方展盛对他摇摇头，表示不知道。

四、锦州石油六厂

锦州石油六厂当时的情况是怎么样的?

2017 年 11 月的一天,笔者专程来到锦州石油六厂,采访了高级工程师、全国政协委员乔三阳。乔三阳,1960 年北京石油学院炼制系毕业后被分配到锦州石油六厂,之后一直从事橡胶研发工作。

根据乔三阳回忆,1966 年"文化大革命"开始后,在锦州石油六厂,从事研究开发的科技人员、技术骨干,不断地被打倒挨批斗。科技人员不是被迫离开研究岗位,就是被扣上"白专""反动权威"的帽子关进"牛棚"。厂里的千吨橡胶半工业实验装置虽然仍在运行,但厂里的科研状态停滞不前,千吨聚合装置进行四次单釜聚合连续聚合实验后,因挂胶、堵塞等问题停车。

为了解决生产出现的挂胶、堵塞等问题,也有科技人员不顾自己挨批斗,顶住压力,偷偷开展科研工作。乔三阳顶住压力,来到橡胶车间聚合工段测试岗顶班劳动，他配合橡胶车间测试，收集合成样品及相应的聚合条件，将一些批量样品分别送到北京橡胶院、青岛橡胶二厂、上海大中华橡胶厂、上海正泰橡胶厂等单位进行评定和试用，结果大多数样品由于加工工艺差，基本无法使用。

乔三阳调整思路，按照当时橡胶大会战提出的要求，系统地观察顺丁橡胶分子结构对性能的影响，提出产品质量控制指标，进行顺丁橡胶充油实验，以便找出改善产品性能的方法。

一天，乔三阳发现仓库贮存了大量胶样，他利用胶样优势，按链结构及平均分子量不同，选择出几十批胶样，进行系统实验和考察；对大量小试、模试及中试样品的测试数据进行统计分析，他搞清了链结构、平均分子量及分子量分布与加工工艺及各种物理性能的关系，提出控制好产物的平均分子量是保证质量、推广应用的技术关键。这些对聚合实验的质量控制起着重要作用，为后来顺丁橡胶达到国家标准打好了基础。

1968 年 5 月，锦州石油六厂进行苯胶开车，按照兰州化学工业公司研究院的技术方案，在计量、聚合等所有关键岗位只能由兰州化物研究所的科研人员负责，因为锦州石油六厂的技术人员已被批倒，技术研究工作处于瘫痪状态。橡胶实验装置虽然在开车运转，但是，没有技术管理，没有人过问技术，没有人收集和整理技术数据，更没有人解决技术难题，顺丁橡胶研制过程及大厂投产出现凝胶问题。

凝胶问题的出现，会严重干扰制造过程的质量控制，使原来一些控制方法失败，损害顺丁橡胶的质量。1969 年至 1972 年间，据不完全统计，锦州石油六厂生产的橡胶因凝胶直接引起成品胶降级或不合格的产品总量达 700 吨以上，约占降级或不合格总量的三分之二还多，给用户造成质量事故，给国家造成数以百万元计的损失。

乔三阳把解决凝胶问题作为自己的攻关项目，他力求尽快弄清各种凝胶形态、性能、分子结构及产生原因，以达到消除凝胶、提高质量的目的。

乔三阳围绕凝胶问题查阅了国内外科研资料，收集了各种含凝胶样品进行实验，取得数以万计的成套数据，建立了一套以高分子机械降解为中心的快速二只胶测定和研究方法，基本上搞清了各种来源的凝胶形态、结构以及其对性能的影响。在研究过程中，他还发现橡胶成品在贮存过程中也会产生凝胶。乔三阳利用橡胶车间顶班劳动机会去成品库了解原因，成品库的师傅们热情地向他介绍贮存条件，协助他对各种条件下产生的凝胶的结构、形态、性能进行分析对比。他从顺丁橡胶连续聚合 65 天的日子，开始收集质量数据。他从开车开始一直到开车结束，共收集数据 5 万多条。他把收集到的 5 万多条实验数据按开车时间顺序画出一套完整的控制图，这种用数理统计方法来画控制图的形式，数据集中绘制在一张大坐标纸内，使全周期的实验情况和规律都能通过控制图表示出来，什么条件好、什么条件差，控制图上一目了然。

通过控制图，乔三阳发现成品后处理挤压干燥条件与产品的结构、性能的依赖关系，显示出操作条件不当将致顺丁橡胶变质的严重后果。乔三阳和车间有关领导、工人师博共同研究，摸索出降低挤压温度、调节孔板尺寸、缩短停留时间、克服成品挤压变质的一整套方法，解决了凝胶变质等问题。

这项工作为我国后来建厂投产解决成品挤压变质问题，提供了可靠的资料和行之有效的方法。凝胶变质等问题解决了，乔三阳写出的 80 多篇论文，在国家级刊物或全国性的学术会议上发表，对我国合成橡胶工业的发展起到了一定的推动作用。

第七章　非常时期

Chapter Seven

一、迎来科研工作新气象

1972 年 1 月的一天，甘肃省把王桂五调到兰州化物研究所任党委书记，但研究所仍由革委会管。

王桂五是一位有威望的领导，他上任的第一件事，就是组建领导班子和科技人员。他把化物研究所一批在学术上有成就、有贡献的优秀科技人员从外地或乡下调回来。王桂五做的第二件事，就是对兰州化物研究所的工作重新进行调整，把研究所停滞多年的科研项目，逐步恢复起来。

王桂五把周望岳从会宁芒硝厂调回兰州，让他在研究所待命，他又把金振声从"牛棚"解放出来，让他到研究所任职。

当时，还在劳动改造的金振声做梦也想不到，历史的重任会落到他身上。这天，一位领导突然来看望金振声。金振声一怔，心想，是不是自己又要换改造地了？

那位领导说："上面调你回单位。"

金振声怀疑地望着眼前这位领导，心想，这不会是真的吧？

那位领导递给他一份兰州化物研究所调他回单位的通知，说："你收拾东西，准备复职吧！"

金振声接过单位通知，才知道自己确确实实要结束多年的劳动改造生活了。

金振声出任兰州化物研究所科技处处长，研究所的科研工作全由金振声管。他先后恢复了变压器油分析、无油润滑材料、H 级防潮漆和合成丁辛醇等工作。金振声按照北京定下的"以催化为主，适当削弱润滑，加强催化"方针，向研究所领导拿出了一系列调整方案，如：取消连队，重组为六个研究室（即分析室、硅有机合成室、固体润滑材料室、催化氧化室、催化剂室、络合催化室）；恢复原有室主任职务，并补充安排几个新人当室领导；取消班，改为题目组，安排曾任课题组组长的人负责，靠造反起家的连长、班长都下岗。

金振声的调整方案提交到革委会讨论，虽然被采纳，但也成为后来金振声第二次被打倒的"罪行"。

1972 年 3 月，长风厂工人组成的工宣队派驻兰州化物研究所，研究所的科研工作换成工宣队管。在工宣队领导下，科技人员不敢大胆进行科学研究，不敢写文章，即使写了文章，也不敢署个人名，只能署集体名。

这年 5 月，化学工业部对兰州化物研究所来函，反映研究所研发的丁烯氧化脱氢工业存在严重污染和结焦问题。几天后，兰州和锦州的两座世界最早拥有年产量万吨生产装置的单位和北京燕山石化总厂胜利化工厂、齐鲁石化公司、岳阳化工厂等拥有年产量万吨生产装置的单位，纷纷向兰州化物研究所反映，在工业化过程中暴露出严重的污染和结焦问题，在生产过程中出现"一堵、二挂、三污水"的不良状况，导致这些工厂的生产难以为继，有的即将停产。

这引起了兰州化物研究所的强烈震动。

兰州化物研究所虽然出现了新气象，科学工作者陆续归队，科研工作也在逐步开展，然而，"文化大革命"还在继续，研究所机构和科研人员仍然处在调整中，关于顺丁橡胶的研究还没有真正落实。

正在这时，全国开展了"知识分子和工农结合，接受再教育"活动，强调科研人员"请进来，走出去"。王桂五利用这个机会，向工宣队提出下连队，组织"内查外调"的"三结合"（即老、中、青三结合）小组方案，准备派金振声前往北京等地进行实地考察。

王桂五向工宣队汇报，派有能力的金振声出任"三结合"小组组长，提出恢复金振声科技处处长职位。

王桂五的申请得到批准。他组织科技人员，大胆派在"文化大革命"中受过严重迫害而今还未获平反的科研骨干李树本等和金振声一同出去调查。

金振声、李树本、邢崇盛前往北京燕山石化总厂胜利化工厂。他们在北京燕山石化总厂胜利化工厂的工棚住下，对北京燕山石化总厂胜利化工厂万吨工业化生产装置的"堵、挂、污水"

问题进行研究。

一堵：是副产物聚合堵塞流程。

二挂：是副产物影响正常聚合反应，出现挂胶现象。

三污水：是副产物溶入排水，有害物大大超过正常排放标准，合成顺丁橡胶正常生产受到严重影响。

每天下午，当丁烯氧化脱氢制丁二烯生产装置每释放一次废气时，他们都能闻到令人窒息的有机含氧化合物的恶臭，周围群众对此表达了强烈不满。对于热交换器的堵塞、结焦问题，且给装置清焦的工作只靠人工不能完成，需要靠拖拉机帮助清焦；污染废水必须用大量清洁水稀释，方可排放。每到这时，他们看到，就算工人停工，也会进行疏通堵塞、清理挂胶的工作，用大量自来水稀释污水，但还是连勉强生产都难以维持。

北京燕山石化总厂作出不解决"一堵、二挂、三污水"问题就停产的决定。金振声、李树本、邢崇盛在胜利化工厂考察的第七天，北京燕山石化总厂因"一堵、二挂、三污水"问题宣布停产。

金振声、邢崇盛离开北京又去锦州、太原等地进行考察。他们通过实地调研、考察，对万吨装置生产情况进行了了解和分析，掌握了第一手材料。

二、恢复丁烯氧化脱氢研究，迫在眉睫

金振声从外地考察回到兰州化物研究所，立即向党委汇报。王桂五听到橡胶生产出现的严重情况，十分着急，要求科技处必须抓紧解决。

科技处召集尹元根、陈英武、周望岳、沈师孔、汪汉卿、李树本等一批参加过丁烯氧化脱氢制丁二烯科研工作的骨干，一起研究讨论。

王桂五要金振声向大家汇报实地考察情况。

金振声说："我国从 1966 年至今，已有六家建成万吨级生产丁烯装置的工厂，这六家在生产中出现的'堵、挂、污水'问题已经到了严重地步。工厂为了疏通堵塞管道，用拖拉机拉出堵塞物；为了使污水达到排放标准，不惜用上大口径自来水管放水稀释，但这些办法都难以彻底解决问题。现在这六套万吨级装置，有两套因为"堵、挂、污水"问题无法解决而被迫停产，其他几套装置是在化学气味熏人，臭气污染厂区，生产环境恶

劣的情况下勉强维持生产的。"

金振声说，产生这些问题的原因，主要是催化剂在反应过程中会生成许多不饱和含氧化合物和炔烃，可聚合又奇臭，且催化剂的钼组分流失，活性和选择性下降。

大家听完金振声的汇报，踊跃发言。

尹元根说："从 1961 年到 1972 年，在这 11 年间，美、苏不约而同地提出了丁烯氧化脱氢的新反应，但苏联未付诸工业化，美国也停留在研发阶段。而我国已将新反应在工业生产装置上实施运行，为我国合成橡胶工业开辟了一条独立自主的技术路线。"

尹元根进一步论述："丁烯氧化脱氢成为我国目前生产丁二烯的重要工艺路线之一，解决了国内对合成橡胶的一部分需求。十多年的生产实践证明，这是一条先进的、行之有效的生产丁二烯的途径，但生产运行结果不理想，丁烯氧化脱氢所采用的第一代钼系催化剂存在选择性偏低、丁二烯回收率低、含氧副产物多、丁烯原料消耗定额高、环境污染严重等问题。"

李树本说："顺丁橡胶在工业生产中出现的管道堵塞、设备挂胶以及在排放的污水中化学副产物含量严重超标等问题，是由于我们科研技术有缺陷而逐步暴露出来的。"

周望岳说："其实，丁烯氧化脱氢第一代催化剂产生的污染和结焦问题，在锦州石油六厂技术攻关大会战期间已出现，因'文化大革命'的干扰，大会战突然中止，研究所对工业化缺乏跟踪，后续的科研工作不正常，没法把橡胶科研做下去。"

沈师孔说："为解决这一问题，我曾进行铁系催化剂研究，即双管催化剂，反应和再生分别在两个流化床管内进行。后受'文化大革命'影响，主持这一项目的尹元根靠边站，主持这一项目的周望岳挨整，参加这一项目的资深研究员陈英武戴着沉重的右派帽子无能为力。就连年轻有为的研究员李树本，也处于被监督的劳动中。研究所对这项科研无法跟进研究。"

陈英武说："出现问题的原因，是催化反应中的副反应生成了许多不饱和的含氧化合物和炔烃，这些东西积累到一定程度，产生聚合，形成高分子化合物，因而堵塞管道和设备。而副产物又有特殊臭味，积累多了，环境受到污染；这自然联系到催化剂，正是在它的催化作用下，丁烯氧化生成丁二烯，这是生产需要的正反应，越多越好。"

金振声接着说："可是催化剂的催化性能在达不到理想要求时，它也催化产生副反应，产生危害生产的许多产物。而第一代催化剂在生产应用的过程中，催化剂的成分组成——重要的钼元素还流失了，致使催化剂催化性能不断下降，从而影响到催化反应的效率和选择性，不仅减少了丁二烯产量，还导致不饱和的含氧化合物和炔烃等副产物也越来越多。"

汪汉卿提出："加强基础性研究，进一步探明催化剂结构与性能相互影响情况和催化剂失活的深层次原因，改进现有催化剂和催化工艺。"

尹元根提出："恢复周望岳顺丁橡胶科研小组工作，研究第二代催化剂，替代第一代催化剂。"

沈师孔提出："针对现有催化体系存在的严重缺陷，创新研究少含氧化合物、少炔烃和少污染物的'三少'新催化剂。"

王桂五说："我们研究所恢复丁烯氧化脱氢研究，迫在眉睫。"

会议快要结束时，科技处提出"近、中、远"三步骤，拟出近期、中期和远期的研究工作方案。

王桂五将近期、中期和远期的研究工作方案，组成三个攻关梯队实施。

第一梯队，由四室催化氧化室沈师孔负责，以"近"为主要的工作安排，负责现用钼系催化剂的改进研究（即七组元）作为"近"；继续被"文化大革命"中断的研究，主攻催化剂改进，开展七组元钼系催化剂研究，以改造提高现有丁二烯生产的技术性能。计划在短期内获得突破，以代替第一代催化剂，解决生产中存在的问题。

第二梯队，锡—磷—锂新催化剂研究为"中"，由原主持第一代催化剂研究的周望岳负责。恢复周望岳"丁烯氧化脱氢制丁二烯"课题研究的团队，继续探索锡—磷—锂一代催化剂的研究开发，作为中期安排，期望开发出第二代丁烯氧化脱氢制丁二烯的催化剂，更新第一代催化剂。

第三梯队，由五室陈英武提出的"三少"催化剂的探索（主要为少含氧化合物）作为"远"。"远"的工作由504组负责，选配了一批中青年科技人员，开拓全新一代催化剂。作为远期计划，安排了在"文化大革命"中受到严重迫害、尚未平反摘帽的李树本负责催化剂制备研究。

科研人员一旦被调动起来，在"文化大革命"中长期被压抑的工作积极性突然喷发出来。

第一梯队的沈师孔，带领小组奔赴北京石化总厂胜利化工厂，在北京大学化学系的协助下，进行工业应用实验。他们几经努力，实验显示，催化反应有所改进，但还无力解决原有催化技术存在的问题。短期的研究实验，以未能取得成功而暂告一段落。

第二梯队是周望岳负责的锡—磷—锂新催化剂研究小组。丁烯氧化脱氢是通过催化剂上的晶格氧去脱丁烯的两个氢原子而生成丁二烯，但同时也会生成酮、醛、酸和炔烃，超过一定量就会出现"一挂、二堵、三污水"的情况。而第一代钼系催化剂在工业化时出现的"一挂、二堵、三污水"现象很难根除，只有研究开发新催化剂，来取代第一代钼系催化剂。他们在实验室里，推翻数据，重新组合，重新建立反应式，终于找到了丁烯氧化脱氢的新催化剂——锡系催化剂，命名为第二代锡系催化剂。

三、非正常气候下的科研

1972 年 6 月，兰州化物研究所把"丁烯氧化脱氢开发研制第二代锡系催化剂"这一任务提到首位，列为研究所重点课题，恢复以周望岳为主的顺丁橡胶科研小组的工作。

当研究所开发丁烯氧化脱氢第二代锡系催化剂时，仍处在"文化大革命"的阴霾中。顺丁橡胶科研小组的实验室有很多双眼睛监督着，隔那么两三天，就会有人进行突击检查。科研小组的工作，周望岳每天都要向工宣队汇报，遇到实验失败，他要把实验失败原因写成书面材料，说得详详细细、清清楚楚，就像做一份深刻检讨。有时，实验才进行到一半，就接到会议通知，他们也只能放下正在进行的实验去开会。

这天，兰州城连日暴雨，特大洪水致使一些城区被淹。兰州化物研究所被淹到二楼，研究所科技人员赶紧把档案运到顶楼仓库。为了安全起见，研究所允许一部分人回家，另一部分人集中到一个安全的地方学习。

周望岳想避开当权派的干扰，他带着顺丁橡胶科研小组把实验室用的东西搬到顶楼，他们在顶楼，一步也不离开实验室，全力以赴，研究第二代锡系催化剂。

周望岳的行为被当权派发现了，当权派登上楼，敲开他们的门，借着涨水危险的理由，把他们统统赶下楼，带到一个地方学习。

没完没了的学习、开会，无休无止的汇报、检查，顺丁橡胶科研遇到一次又一次干扰。在这种氛围下，实验工作无法正常进行，周望岳感到很苦恼。

有一次，周望岳将这些苦恼告诉金振声，金振声深有感触地说："现在研究所还不能正常工作，正开发研制的课题还无法走上正轨。"

周望岳突然说："我有个想法，不知当不当讲？"

金振声说："你有什么想法就讲吧！"

周望岳说："我想把研究室搬到工厂去，而且越远越好，越隐蔽越好。"

金振声说："这个主意不错。这倒是个办法，他们看不见，也就管不着了。"

周望岳说："我们就可以专心搞科研了。"

金振声说："你把这个想法向研究所打个报告。"

周望岳说："好，我打个报告。"

金振声说："让我想想，看这个报告怎么写。现在是敏感时期，一旦发现有科研人员外出，就会上纲上线分析。"

周望岳说："那怎么办？"

金振声说："让我想想。"

周望岳看着金振声双手抱胸，在办公室里走来走去，心情不由沉重起来。

金振声走到周望岳跟前，突然说："有了。我看报告这样写：开发第二代锡系催化剂不能在实验室完成，必须借助工厂实地才能完成。"

周望岳心情有些激动，连连说："好，我就按您的想法写这个报告。"

周望岳下班回家，连夜写报告。报告写完了，他怕夜长梦多，第二天一早，就把报告交给了金振声。

然而，报告迟迟没有批下来，周望岳坐立不安，担心情况会有变化。那些天，他多想直接跑到金振声办公室问问情况，但理智又告诉他，不能去，也不能催。金振声会去争取的，他一定还在努力向当权派争取，再等等。

等待的日子，无比漫长。

其实，周望岳向领导请求去外地完成实验的报告，金振声当即交给了当权派。按照当时的规定，科研人员一律不准外出。金振声反复向当权派解释，顺丁橡胶科研很重要，是周恩来总理的期待，前些年给耽误了，现在耽误不起啊！金振声最后说："时不等人啊！这是国家的一个重要科研项目，如果耽误这个项目的开发，你我都负不起这个责任。”

也正是金振声这最后一句话，给当权派敲了警钟，报告终于得到批准。

这天早上，金振声走进顺丁橡胶小组实验室，看到周望岳在那里调试仪器，他走上前，拍了一下周望岳的肩膀。

周望岳说：“报告批了没有？”

金振声说：“你担心的报告，批准了！”

金振声朝他扬了扬手里的报告。

“真的！”周望岳一阵惊喜。

金振声：“你想好了去哪里没有？”

周望岳说：“只能去锦州，锦州是我们前期工作的地方。”

金振声想了一下说：“去那里可能还要有个说法，毕竟你们不是去一天两天。”

金振声双手放到背后，在实验室里走来走去，最后他停在周望岳面前，说：“你们可以冠名‘知识分子下厂与工人阶级实行三同’，以和锦州石油六厂共同开发第二代丁烯氧化脱氢催化剂为名义去锦州。”

周望岳拍手说：“这样好。”

金振声说：“这样，谁也没话可说。”

金振声说完这句话，又面露担心。

周望岳说：“要不要我再写一份补充报告？”

金振声说：“补充报告暂时不要，如果上面硬要，我来说服他们。"

周望岳说："如果没有什么特殊情况，我们立即行动。"

金振声感慨地说："顺丁橡胶耽误的时间太长了，这么多年了呀！再也耽误不起了。"

周望岳说："我们会尽快完成顺丁橡胶事业。"

金振声说："再难，也要把顺丁橡胶研制出来。"

金振声离开实验室时，又拍了拍周望岳的肩膀说："到那里后，你们遇到什么问题就及时向组织反映。记住，我们的科研现在正处于非常时期。"

周望岳使劲地点着头。

金振声走到门边说："你们把实验室迁移到锦州，从策略上看是'知识分子下厂与工人阶级实行三同'，实际上，这是一次不小的科研转移。抓紧准备吧！"

金振声向他们摆了摆手，走出门。

周望岳对实验室的人说："尽快把实验要用的工具整理打包。"

周望岳回过头，拉住王心安，说："我们这两天就出发，你去一趟火车站，买去锦州的火车票。"

王心安说："不要动我的东西，等我自己回来整理。"

周望岳说："你快去快回，你的东西我们谁也不知怎么整理，还得你自己来。"

周望岳把实验瓶一个个装进一个不易碎的泡沫箱里，又把仪器、仪表分别打包。他和研究小组的同事一直收拾到下午五点才离开。

周望岳最后一个离开实验室，他检查了一遍收拾的东西，觉得一切妥当，才关上实验室的门，安心回家。

周望岳怀着兴奋的心情，一路小跑回家，跑到家门口时有些气喘吁吁。当他推开家门，看到躺在床上的董坤年时，他那兴奋的心情，瞬间消失得无影无踪。此刻的心情，像一块往下沉的铁，甚至他对去锦州石油六厂有些后悔。

前些日子，董坤年染上肝炎，从医院住院回家才两天，现在还处于治疗阶段。她不想住院，要求回家治疗，也是为了方便照顾家里的三个孩子。周望岳的三个孩子，大的 11 岁，小的双胞胎才 7 岁。

周望岳走上前，把她露在外面的手放进被窝里。

董坤年醒了，说："你回来了，我去给你做饭。"

周望岳说："别起来，我去做饭。"

董坤年说："看你这个笨样子，还是我来吧！"

董坤年吃力地从床上爬起，穿上衣服，走进厨房，打开水龙头洗白菜。

周望岳望着她单薄的背影，心想：我走了，她怎么办？家里怎么办？三个孩子怎么办？

董坤年见周望岳呆呆站在她身后，知道他担心什么。董坤年是个明白事理的研究人员，她对身后的周望岳说："你们好不容易恢复研究小组，你不用管我，放手搞你的研究吧！"

周望岳说："可是……"

周望岳不知怎么跟她说离开兰州的事。

董坤年听到周望岳吱吱唔唔，关心地问："科研还是不能正常进行？"

周望岳说："要正常进行，必须迁移到锦州。"

董坤年说："迁移到锦州？"

周望岳说："迁移到锦州还是我提出的。"

董坤年一下子哑了。

周望岳说："我当时没想到你，也没想到家里的实际情况，只想到越远越好，越隐蔽越好。"

董坤年没有吭声，气氛有些异常。站在身后的周望岳，只听到洗菜水的哗哗声。

洗菜水的哗哗声终于停止，董坤年的菜洗完了。她关上水龙头，又把菜狠狠往地上甩了甩水，像是做出了一个很难做出的决定。她回头对站在身后的周望岳说："去吧！研发顺丁橡胶可是你一直放不下的事业，好不容易有机会恢复，你一定要好好把握这个机会。"

周望岳说："那你怎么办？"

董坤年说："刚才我想了一下，还是去昆明休养。"

周望岳说："那小双胞胎我带到锦州去。"

董坤年说："你从没带过孩子，能带好他们吗？"

周望岳说："他们都 7 岁了，不用抱，也不用喂饭。白天去学校，晚上吃食堂，应该没有问题。"

董坤年说："那么大儿子云峥怎么办？云峥是兰州市少年体校乒乓球主力队员，要集训，这件事有些难办。"

周望岳说："就让他留下来集训，我和教练沟通一下，请教练和他爱人在生活上照料一下。"

董坤年说："目前只能这样了。"

董坤年埋头做晚饭，她多做了几个菜，都是云峥喜欢吃的。

云峥放学回家，看到桌上都是自己喜欢吃的菜，眼睛瞪得溜圆，连声说："哇！这么多好吃的菜！今天是什么日子？"

周望岳把一个鸡腿夹到云峥碗里，云峥望着父亲。

周望岳说："我目前因工作需要，要和家里人暂时分开一段时间。"

董坤年说："我和你爸爸商量，你留在兰州集训，你爸爸带弟、妹去锦州，我去云南养病。"

云峥说："一家分三地呀。"

董坤年说："那怎么办？这也是暂时困难，等你爸爸回兰州就好了。"

云峥说："如果一家分三地，妈妈会牵挂锦州的爸爸和弟、妹，又想念兰州的我，这样一来，妈妈能安心养病吗？"

周望岳说："这也是我们没有办法的办法。"

云峥说："这样吧！我放弃训练，陪妈妈一起到昆明去，我也可以照顾她。"

　　周望岳怔怔地望着云峥，儿子懂事了。

四、远离那些"眼睛"，继续我们的科研

1972年9月19日，连续几天落雨，像是兰州的雨季。秋风阵阵，给人平添几分寒意；满地的落叶，踏上去像是踏在棉花上，软软的。周望岳带着一男一女双胞胎，和顺丁橡胶科研小组9位科研人员，去锦州石油六厂开发第二代锡系催化剂。

踏上锦州石油六厂，周望岳发现这里也并非一块净土，锦州石油六厂仍然是"政治挂帅"。但让周望岳感到欣慰的是，锦州石油六厂对顺丁橡胶科研小组的到来表示热烈欢迎。

锦州石油六厂按照"三同"要求，安排顺丁橡胶科研小组一行人住到厂部招待所，女的四个住一间，男的五个住一间。周望岳和他的双胞胎儿女住进一间放有一张床的小房间。在顺丁橡胶科研小组到来之前，锦州石油六厂专门为他们腾出两间大房间，供他们做实验室。

周望岳看到锦州石油六厂的热心接待，对他们做出的具体安排，心里充满了感激。

刘俊声说："实验室我们来整理，你给儿子女儿找学校吧！"

周望岳到附近小学给双胞胎儿女办好插班回来，看到研究小组已把实验室整理好，无比高兴地说："这两间房被你们整理成两间非常不错的实验室了。"

"老同学，还有什么需要尽管说。"随着声音，张国栋走进实验室。

张国栋现在被贬为厂部一个技术小组副组长。

周望岳说："没有了，没有了。一切比我想象中还要好。在这个非常时期，你们为我们考虑得这么周到，为我们做了这么多的事，我们非常感激。"

张国栋说："你跟我客气什么。不方便的地方跟我说。虽然我现在没有权力，但厂里的工人老大哥当权比造反派好，他们虽然没有多少文化，但他们崇尚知识，重视科研。"

周望岳说："我们也看出来了，我们来他们是非常支持的。"

张国栋说："今后遇到什么困难，放心，我在尊重工人老大哥的同时，努力说服他们，他们会一如既往地支持你们。"

周望岳伸了伸腰，口里轻轻吐出一口气，对张国栋说："谢谢！现在远离那些'眼睛'，可以真正继续我们的科研了。"

张国栋说："那就好。希望你们早点把顺丁橡胶研制成功。"

张国栋走出门，又回头对周望岳说："我已经和食堂打好招呼，你们和我们职工一样，可以直接买饭票吃饭。"

周望岳说："谢谢老同学。"

实验室里，顺丁橡胶科研小组开始对丁烯氧化脱氢制丁二烯进行第二代锡系催化剂实验。第一代钼系催化剂有钼和铋两个变价金属，钼的氧化态有正二价、正四价和正六价，铋的氧化态有正三价和正五价，不同正价态的金属电子能级的不相同，可以对生成丁二烯以外的不良副产物产生不同影响。

在对第二代锡系催化剂的研究中，顺丁橡胶科研小组研究发现，锡系催化剂只有正二价和正四价，副产物醛、酸、酮等减少了，但是，它必须在530℃高温和较大的水烯比的条件下运行。实验进行后，得出的结果为：第二代锡系催化剂没有放大应用前景。

周望岳说："如果没有放大应用前景，第二代锡系催化剂也就注定没有投入工业化的可能。"

大家都知道，如果第二代锡系催化剂不能投入工业化，那就没有任何意义了。

丁二烯副产品生成量的多少，取决于催化剂，第二代锡系催化剂不能达到理想效果，必须马上终止研发。

放弃第二代锡系催化剂，意味着要继续寻找新的催化剂。

这天，周望岳下班回来，一位朋友送来一只大螃蟹给他改善生活。食堂伙食不理想，双胞胎儿女营养不足，成了班上最矮小的学生。周望岳用清水煮熟，自己吃下半只腿，其他的给双胞胎儿女吃。到了晚上，周望岳觉得肠胃不舒服，接着腹泻不止。周望岳每次从厕所出来都要看看双胞胎儿女。奇怪的是，同吃一只螃蟹，他们安然无恙。

第二天，周望岳拿出两张饭票交给女儿，嘱咐她和哥哥一起到食堂吃饭，饭后督促顽皮的哥哥回房休息；他又向实验室同事交代一些工作后，拦下厂里一辆卡车，搭车前往传染病院。

医生对周望岳进行检查，体温 39℃，诊断为中毒性痢疾。

周望岳不可思议地问："我和孩子同吃一只蟹，他们安然无恙，我怎么得了中毒性痢疾？"

医生说："患中毒性痢疾，是因为你的抵抗力几乎等于零。"

锦州石油六厂的领导和同事们赶到医院看望周望岳，周望岳心神不宁。周望岳住院期间正流行乙型脑炎，死亡率高。医院坐落在山脚下，杂草丛生，遍地都是毒蚊子，如果一直住院，不仅自己受威胁，来看望他的人如果也得病，那自己可是"罪人"了。

第二天，周望岳坚决要求带药出院。

周望岳体力还没有恢复就投入到工作中，他在工作中像一台超负荷运转的机器，他刚来锦州时体重 120 斤，现在只有 85 斤，瘦得风都吹得动。

这天周望岳丢失了工作证，为了补办工作证，他到锦州一家照相馆拍照片，寄回兰州化物研究所人事处。人事处办事员发现"周望岳"名字依旧，可圆脸怎么变成了尖脸，两边脸的骨头怎么如此突出？他们以为有人冒充周望岳，特意去函验明正身，闹出这么个笑话。

周望岳身体日渐消瘦，就连天天见面的双胞胎儿女也对父亲"刮目相看"了。周望岳看到双胞胎儿女惊讶的目光，不免也担忧起自己的健康。为了增强体质，清早，他在门前打太极拳，下班后，他到操场打一会儿篮球。

同事们看到周望岳锻炼，问："望岳，你怎么突然搞起锻炼来了？"

周望岳回答说："你看我这身体，不锻炼不行啦！"

现在，实验室决定放弃第二代锡系催化剂研究，寻找新的催化剂。寻找新的催化剂，意味着一切重新开始。大家参考沈师孔提出的铁系催化剂的想法，对铁系尖晶石催化剂进行不同配方研究，发现铁系尖晶石催化剂适合工业氧化脱氢的反应条件。

这个发现，给大家带来了希望。大家达成共识，决定走铁系尖晶石催化剂技术路线，把研究铁系尖晶石催化剂定为"第三代"，即第三代铁系尖晶石催化剂。研发第三代铁系尖晶石催化剂的目标是取代第二代锡系催化剂。

目标确定下来，大家不敢怠慢，全力以赴研究。

周望岳每天从实验室回到招待所都很晚，双胞胎儿女已经睡了。只有当双胞胎儿女半夜醒来，哭着要妈妈时，他才记得身边有一对儿女，他是他们的父亲，他们需要他，可是，周望岳工作起来什么都顾不上。双胞胎儿女在人生地不熟的地方，经常受本地孩子欺负，而周望岳不知道。周望岳脑子里都是那些反应式、数据。吃饭时走神，有时去食堂买饭也忘记带饭票，有时带了饭票买了饭却忘记买菜，他常常成为大家取笑的对象。

　　铁系催化剂实验进入紧张阶段时，周望岳的女儿感冒了，他给女儿吃了药，让她在家里养病，自己匆匆去实验室。女儿病刚好，儿子却又感冒了，他忙得团团转。为照顾儿子，他实验室、家里两头跑，疲惫不堪。周望岳望着长得瘦小的双胞胎儿女，感到内疚，觉得对不起他们。这时，他会想起远方的妻子和大儿子，他们怎样了？昆明应该比这里好吧！

第八章　春回大地

Chapter Eight

一、春回大地，知识分子挣脱十年羁绊

1976 年，"四人帮"被粉碎，春回大地，挣脱了十年中国科技发展的羁绊，打开了"文化大革命"以来禁锢中国知识分子的桎梏。科研人员从此扬眉吐气，迎来了科学的春天。

"文化大革命"这十年，兰州化物研究所经历了分家、科研队伍分散、科研仪器丢失等种种灾难。"四人帮"被粉碎后，兰州化物研究所拨乱反正，落实知识分子政策，设置了研究机构，确定了学术带头人，开创了新局面。

这时，金振声被任命为兰州化物研究所副所长。

金振声上任做的第一件事，就是重建科研秩序，把催化学科调整为三个研究室：第一个是多相催化室，主任尹元根，副主任周望岳、沈师孔；第二个是光催化室，主任陈英武，副主任徐文俊、李树本；第三个是新增加的络合催化室。研究室调整后，各学科研究方向和任务变得更加明确，也更加符合承担国家和中国科学院重大任务的需求。

金振声上任做的第二件事，就是将丁烯氧化脱氢催化科研课题重新申报。

丁烯氧化脱氢催化科研课题获得研究所批准，兰州化物研究所下令，建立"丁烯氧化脱氢制丁二烯课题组"，课题组取名"405课题组"。任命周望岳为405课题组组长，陈献诚为副组长。其他405课题组成员有：周士相、兰仁杰、杨凤琨、侯瑞玲、刘崇娅、朱宝珍、张菊初、沈萍章、刘俊声、林景治、赵进长、钟顺莉。

为了加快丁烯氧化脱氢制丁二烯的科研进程，在科技处调整周望岳课题组任务时，专门委托成果处处长方展盛，协助周望岳联系对外事宜。兰州化物研究所为了充实405课题组人员，又将李树本爱人李清沂调到405课题组，任命李清沂为405课题组副组长。

周望岳对405课题组分工如下：陈献诚、杨凤琨负责研制第三代铁系尖晶石催化剂；沈萍章、钟顺莉等负责反应；侯瑞玲、张菊初、刘俊声等负责含氧有机化合物的分析。

在丁烯氧化脱氢制丁二烯的科研中，也夹杂着一些人事纷扰。"文化大革命"期间，催化室有几个造反派成员，他们曾经的所作所为严重伤害了领导和群众，因此课题组的几个分工负责人，不喜欢他们。

周望岳把这几个造反派成员放到催化剂组，催化剂组的负责人说："我负责的这个项目，人员已经满了，去另一个项目组吧！"周望岳又把他们分到另一个项目组。另一个项目组负责人说："我们不需要，我们的人员已满。"

这些分工负责人互相推诿，都不愿接纳他们加入自己的科研组。

周望岳对分工负责人说："他们是在'文化大革命'中犯了一些错误，但不能全归咎于他们，只要他们对当年的过分行为有所认识，我们就宽容大度地接纳他们吧！"

经周望岳这么一说，各项目组的负责人表面上接纳了他们，可是内心的怨恨一时难以平复，和他们一块工作的时候，对他们还是比较冷漠。

周望岳发现他们从内心深处还是不愿意接纳造反派成员。

周望岳又说："鲁迅先生说，渡尽劫波兄弟在，相逢一笑泯恩仇。现在我们何不统统收下，让课题组增强力量？我希望大家团结一心往前看，为了我们国家的顺丁橡胶研制事业共同努力吧！"

通过周望岳反复做工作，大家也想通了，愿意把过去的事情统统放下来，愉快地接纳他们。

405 课题组披挂上马，重新踏上丁烯氧化脱氢第三代铁系催化剂研究的征程。

二、久旱逢甘露，新技术投入工业化生产

研发第三代铁系尖晶石催化剂，405 课题组有两个目标：一是赶超美国；二是尽快上工业化生产装置。

对于第三代铁系催化剂的研发，405 课题组科研人员从 H-1 开始着手，实施第一个配方，接着以 H-2 承续，一个接一个地去探究在预定条件下催化剂达到良好性能，等有了良好性能的效果，才能进一步去解决催化剂的强度问题。

在催化剂评价实验室里，一排仪器的指示灯闪闪烁烁，进水泵平稳地将水注入预热器，预热器发出均匀的嗒嗒声。操作人员聚精会神地控制反应，每 20 分钟记录一次温度、流量等实验数据，又在控制平稳的情况下，操作人员每 30 分钟取一个气样品，经气相色谱仪分析后，取得反应结果。就这样，催化剂经过一次次比较、一次次筛选、一次次改进，性能越来越好。

在做催化剂稳定性实验时，405 课题组科研人员有的研制催化剂，有的评价、分析，有的研究反应机理，有的新建含氧

化合物的分析方法。科研人员争分夺秒，吃住都在实验室，有的人病了也不吭声，坚持带病工作。

铁系催化剂在实验室进行一段固定床后，周望岳建立了直径 20 毫米的石英管挡板流化床反应器，在开发了一条新的工艺后，侯瑞玲建立了分析炔烃色谱定性、定量方法，使得色谱的定性和定量分析方法得到了及时解决。

周望岳和405课题组其他科研人员经过一年半的艰难研制，成功地研制出用于流化床反应器的铁系催化剂。

这是一个惊人的成功。

这个成功，提供了一种可应用于工业生产使用的流化床反应器的铁系催化剂。

1980 年 11 月的一天，兰州化物研究所申松昌和周望岳带着铁系催化剂成果，参加化学工业部在岳阳召开的顺丁橡胶科研生产技术经验交流会。

化学工业部领导在会上分析了国内外顺丁橡胶的生产及发展状况，结合中国的实际情况，指出国家经济发展对合成橡胶的迫切要求，说道："根据国情，在我国利用石油气裂解分离碳四组分制取丁二烯，不会有更多增加，比较现实地依靠我们自己的力量，发展丁烯氧化脱氢法生产丁二烯，势在必行！"

化工部的这一战略决策，被写入了会议纪要，给长期坚持丁烯氧化脱氢制取丁二烯的研究工作者吃了一颗定心丸。

会议上，周望岳做了《丁烯氧化脱氢铁系尖晶石催化剂的研究》报告，介绍了兰州化物研究所研制第三代铁系尖晶石催化剂的成果。

周望岳的报告，引起各大橡胶生产单位的强烈反响。久旱逢甘露！饱受顺丁橡胶生产中"一堵、二挂、三污水"之苦的橡胶生产企业看到了希望，他们希望早日把科研成果转化成技术，应用到工业生产中去。

那天散会，燕山石化总厂胜利化工厂（橡胶厂）、齐鲁石化橡胶厂、岳阳石化橡胶厂等橡胶厂的相关人员围着兰州化物研究所参会人员，提出要与兰州化物研究所协作，共同开发第三代铁系尖晶石催化剂，要求签订进行第三代铁系尖晶石催化剂开发的协议书。

三、这种"异常",孕育着希望

其实,要进行第三代铁系尖晶石催化剂的开发,使铁系催化剂在工业生产中得到实际应用,405 课题组还面临着两大难题:

第一,污染物中的有机含氧化合物含量必须进一步降低;

第二,催化剂强度不能太低。

周望岳和 405 课题组对以上两个问题进行科研攻关。大家知道,催化剂是核心问题,要选择的第三代催化剂,必须具备三个条件:第一,催化剂活性高,一次通过丁烯转化率高,不低于 65%;第二,催化剂选择性高,即丁烯转化成丁二烯必须达到产物的 90% 以上;第三,催化剂强度高,能用于流化床,且使机械磨损不大,机械寿命长。

只有第三代铁系催化剂活性高、选择性高、强度高,而反应温度低,才能少生成有害的含氧化合物和炔烃,催化剂才有可能应用于工业化生产。

在催化剂制作的过程中,陈献诚和杨凤琨反复对铁系催化剂制备规律进行探索，对近200个催化剂配方，一个个进行筛选、调整，意图找出比较理想的催化剂配方和制作工艺。

陈献诚和杨凤琨应用催化剂制备化学原理，结合科研实验，创造性地设计催化剂。为了便于对比，实验往往是按组来进行，做完一组催化剂对比实验常常要花上十天半个月，或更长的时间。

杨凤琨把制成的催化剂送到催化剂评价和分析实验室，测定它的反应性能。然后陈献诚根据实验结果，进行数据整理、比较，再设计下一组实验。每次实验，他们必须敏锐地抓住实验中出现的"异常"点，进行分析。

这种"异常"往往孕育着新的希望。

第一次催化剂结果不理想，杨凤琨和陈献诚毫不犹豫进行第二次，然而，催化剂结果一次次都不理想。他们没有怀疑，没有放弃，更没有动摇自己的决心。实验室条件差，通风不好，各种化学气味刺鼻，常常使人透不过气来。杨凤琨戴着两层口罩，每当感到恶心想吐时，他就拍拍胸口；当陈献诚感到透不过气时，他就跑到门外站一会，再回到实验室。他们不分昼夜地一次次研制催化剂，节假日都在实验室度过，从来没有怨言。

功夫不负有心人。

这天上午，陈献诚去催化剂评价实验室抄数据，评价实验室像往常一样有条不紊地进行着催化剂评价实验。到了分析取样的时间，当班的科技人员是兰仁杰和钟顺莉，钟顺莉熟练地用取样针从反应尾气中抽出一管气体样品，注入气相色谱分析仪的进样口，色谱仪的信号灯闪烁着，记录仪开始画线，首先出现两个小峰。

陈献诚看到两个小峰非常窄小，高度相同，像是一对孪生兄弟。

兰仁杰问："这个催化剂中的二氧化碳怎么这么低？"

钟顺莉担心地说："是不是进料量小了。"

站在一旁的陈献诚说："再等等，看看丁二烯的峰怎么样。"

他们盯着仪器，看着仪器，直到画出丁烯峰。

兰仁杰说："还是不高，只是一个小鼓包。"

紧接着，仪器画出丁二烯峰，记录仪发出悦耳的丝丝声，记录仪快速启动，一直冲到满格，停留了数秒钟才慢慢地回落下来。

钟顺莉惊喜地说："丁二烯平头了！"

陈献诚说："太好了。"

陈献诚兴奋地说："这是一个优良的催化剂。"

陈献诚说完，跑回催化剂制备实验室，他要把杨凤琨带到评价实验室，见证这个优良催化剂的诞生。

陈献诚和杨凤琨刚跑进评价实验室，计算结果就出来了，丁烯转化率为78%，丁二烯收率为72.5%，生成丁二烯选择性为93%。这是一组不错的结果。

看到这个结果，杨凤琨眼里含着泪花，陈献诚的眼睛也湿润了。

陈献诚对杨凤琨说："我去告诉周望岳。"

陈献诚跑去一楼实验室向周望岳报告。周望岳喜出望外，兴奋不已地掀掉身上的厚棉衣，只穿了一件薄毛衣，就同陈献诚跑到三楼的催化剂评价实验室。

当周望岳看到这组可喜的结果时，生怕不是真的，连连说："要重复实验，不要放过。"

陈献诚说："好，我马上去查看数据，核实结果。"

陈献诚回到催化剂制备实验室，着手催化剂的重复制备实验。他和杨凤琨开始对催化剂制备规模进行放大，从每次30—50克放大到100克，最高放大到200克，取得与小量制备性能相同的催化剂，进行催化剂的物理化学结构检测。刚才评价的催化剂，编号是CH-198。又经过反复实验、证实，CH-198确实是一个性能优良的催化剂。

催化剂代号定名为H-198，H是英文"高效"的字头，198代表催化剂的第198种配方。

科学就是这样一步步被推着往前走的。

405课题组有了性能满意的编号为H-198的催化剂后，对于第三代铁系尖晶石催化剂的开发，他们面对的问题是采用固定床还是流化床。

实验室里，大家开始对采用固定床还是流化床进行研究。

周望岳说："我国虽已将新反应在工业生产装置上实施运

行，但生产运行结果并不理想。从我国工业化装置及已查到的美国工业化趋向来看，目前所采用的反应器主要是固定床。"

陈献诚说："固定床的优点是，对催化剂的强度要求不会很高，几乎不存在机械寿命问题，比较容易放大。其缺点是传热不易，反应器内催化剂层的温度不均，会造成反应结果不佳。"

刘俊声说："流化床的困难就在于对催化剂的强度要求很高，而且必须避免反应器的放大效应。"

杨凤琨提出，必须大幅度降低含氧化合物这一副产物生成量和将炔烃量减到最小，而且必须首先建立对含氧化合物和炔烃定性、定量分析的测定方法。特别是炔烃，须达到 ppm 级才有利聚合。

最后，全体科研人员一致认为，要把科研工作重点转移到流化床路线上来。

为了满足工业流化床技术路线需要，陈献诚、杨凤琨、刘俊声又对提高催化剂强度进行了实验。经过实验，找到了影响催化剂强度的因素，破解了困扰早先铁系催化剂的研究一直没有得到解决的难题，使新研制的催化剂机械强度大大提高，完全适应和满足流化床技术路线的需要。这一难题的成功解决，为日后工业化运转解除了后顾之忧。

第九章　只许成功

Chapter Nine

一、分析是化学实验的眼睛

405 课题组通过对丁烯氧化脱氢制丁二烯铁系催化剂的实验，在实验室制备了一批编号为 H-198 的催化剂，在流化床试验中进行评价。流化床与 10 毫升的固定床进行对比实验，实验表明流化床反应性能十分理想，一是能获得比较理想的丁烯转化率和生成丁二烯的选择性，二是有很高的催化剂强度。

然而，对于铁系流化床催化剂的长期反应性能，要经过 1000 小时以上的催化剂寿命实验。1000 小时以上的催化剂寿命实验，是一项不寻常的实验，这个实验在国外没有见过报道，在中国也是第一次。

启动 1000 小时以上催化剂寿命实验，上牵动国务院及所属中国科学院和四个部；下影响大江南北、长城内外石油化工多个协作单位。

1981 年 1 月，兰州化物研究所对启动 1000 小时以上催化剂寿命实验专门开会进行了研究，明确负责人为周望岳，主要参加人员有陈献诚、赵进长、杨凤琨、刘俊声、李清沂等。

周望岳在 405 课题组投入丁烯氧化脱氢 H-198 流化床，但在着手准备 1000 小时稳定性实验前期工作时，他发现分析工作是 405 课题组的薄弱环节，于是他向研究所科技处方展盛汇报，请求研究所化学分析学科研究室协助他们的分析工作。

方展盛了解到这一情况，感到内部协作很重要。他专门走到研究所化学分析学科第一研究室，向他们宣传丁烯氧化脱氢制丁二烯研究的重大意义，介绍研究的进展情况和需求，希望建立研究所内协作关系。

方展盛的协调，得到了研究室主任、色谱分析科学专家俞惟乐的支持。

俞惟乐说："需要我们研究室做什么？请说。"

方展盛说："请分析室参加协作，在分析方法、分析技术上给予支援。"

俞惟乐表态："我们是一个单位，将全力支持、紧密配合丁烯氧化脱氢制丁二烯研究工作的需要。"

方展盛说："有你们支持，我就放心了。"

俞惟乐想了一下说："我们协作的第一项，是为了让 405 课题组的人掌握应用分析技术，请 405 课题组派人到我们研究室来学习、分析技术。"

方展盛拍了拍自己脑袋，说："俞主任，你这个办法好，我通知周望岳，让他派人过来。"

俞惟乐说："我们分析室承担的第二项协作任务，是配合丁烯氧化脱氢研究中对催化剂组分变化的研究，新的反应产物的出现，随时提供无机元素的定性、定量分析，提供质谱、红外光谱的分析鉴定，如光粉末衍射。"

方展盛说："有你们把关，我们不怕不成功了。"

俞惟乐说："分析是化学实验的眼睛，我们接受任务的分析组，优先安排，保证第一时间完成。"

方展盛握着俞惟乐的手说："分析是获得科技成果的重要途径，功不可没啊！"

当天下午，俞惟乐在科室内做了动员，她说："针对丁烯氧化脱氢制丁二烯研究的需要，研制高效先进的含氧化合物和痕量炔烃的毛细管色谱柱与分析技术，满足丁烯氧化脱氢的实验要求。"

俞惟乐向研究组组长做了详细安排，指定从事毛细管色谱柱研究和应用的董坤年配合 405 课题组研究工作，指导从事分析研究的技术人员，配合解决研究工作进展中出现的问题。

董坤年立即对色谱仪进行调整、维修和检测，确保分析工作跟上需要的同时，数据准确、稳定、重复性好。

二、1000小时以上的催化剂寿命实验

1981 年 2 月，天寒地冻，滴水成冰。1000 小时以上催化剂寿命实验即将启动。这是一个测试稳定性和适应性的实验，是一个要求在 45 天以内、连续 1000 小时以上中间不停止运行的连续性实验。

为确保 1000 小时以上催化剂寿命实验顺利成功，兰州化物研究所工厂、物资处、行政处人员都被动员起来，确保在设备的加工维修上、实验器材的供应上有明确负责人，并在水、电、气保障上设有专门负责人。

铁系催化剂按照反应机理在正常反应期间无须停车再生，因此实验室一旦发生突然的停电或停水，实验就要重新再来。为确保在 1000 小时以上、45 天之内实验连续进行，中途不停车，周望岳向兰州化物研究所申请第二电源，确保催化剂寿命实验不因停电而中断运行，导致前功尽弃。

周望岳的申请得到研究所的批准，研究所从军用电上接入

专线备用，保持全天供电，保证实验不断电。

这天，周望岳和 405 课题组的周士相、兰仁杰、陈献诚、杨凤琨、侯瑞玲、刘崇娅、李清沂、朱宝珍、崔子军、张菊初、沈萍章、刘俊声、张大元、钟顺莉、林景治、赵进长和董坤年，一齐安装了 20 毫米直径的挡板流化床，之后开始检验催化剂的长期稳定性和流化床的适应性。

周望岳对各项机器进行检查，如果 1000 小时以上催化剂寿命实验发生突发情况，导致催化剂的反应性能大幅下降，实验就要作废重来。1000 小时以上催化剂寿命实验虽然耗时耗力，但无论如何不能走捷径，否则科学的严谨性就不存在了，所取的数据就不能说明该催化剂的反应性能及寿命如何了。

周望岳对 1000 小时以上催化剂寿命实验进行人事安排。兰仁杰、杨凤琨、李清沂、刘俊声、钟顺莉、张菊初、沈萍章、赵进长进行催化剂长期寿命测试实验；周望岳要掌握和控制关键点，负责丁烯原料，关注测温系统的用冰以及测定含氧化合物和炔烃的反应产物，尤其要关注威胁寿命实验的细节；其他人是两个人一班，分早、中、晚轮流值班。

周望岳强调，我们人手紧，一个萝卜一个坑。一律要求，倒班期间谁都不能请假，否则就无法按时交接班，无法按时交接班，另一人就要连续上 16 小时以上的班。

大家信心百倍。

周望岳宣布："1000 小时以上催化剂寿命实验正式启动。"

大家各就各位，实验运行 1 天、2 天、3 天……10 天……12 天，大家数着数。为了保证夜间实验能顺利进行，周望岳晚上住在实验室，以确保万一实验出现什么问题，他可以及时赶到现场解决。每到换班时间，陈献诚都不会马上走，而是主动留下来，核对数据后才会放心地离开。

那时候生活相当困难，没有夜班补助，粮食和副食品都是定量供应。实验期间，年轻力壮的科研人员饿着肚子工作，也不敢对实验有丝毫马虎，特别是夜间上班，人困马乏时都要打起百倍精神，注意力高度集中，以防实验出现问题。

1000 小时寿命实验运行到第 288 小时，安全度过 13 天，正当大家松一口气时，没想到实验运行到第 300 小时时，出现了催化剂活性下降的情况，不允许再生。

周望岳说："重来。"

大家二话没说，加班加点制作又一批催化剂。

1000 小时以上催化剂寿命实验重新启动，实验又从第一小时开始。实验室内，大家神经紧绷，生怕出现丁点差错；实验室外，有无数双眼睛，正期待地望着这场实验。

周望岳重申：实验，只许成功，不许失败。

1000 小时以上催化剂寿命实验运行 1 天、2 天、3 天……10 天……16 天，384 个小时顺利运行，可是当实验运行到第 18 天、400 多个小时的时候，又运行不下去了。

周望岳说："重来。"

周望岳说出"重来"两个字时，没有含糊，干净利索。

周望岳说出这两个字时，眼睛布满血丝，实验室人员也一个个眼睛通红，布满血丝。他们已记不清有多少个日日夜夜没睡过安稳觉，实验室人员虽然是三班倒，每人值 8 个小时班，可是他们都很少离开。他们在实验室，神经紧张地盯着实验，遇到人困马倦时，就歪到凳子上，打个盹。

当周望岳说"重来"时，大家没有一句怨言，依旧各就各位，重新开始。

第三次 1000 小时以上催化剂寿命实验重新启动是在半夜，大家打起精神，从第一小时开始计数，当 1000 小时以上催化剂寿命实验运行到第 700 小时，眼看就要大功告成时，却又夭折了。

几次几百个小时的实验白白浪费，每次从头开始。为了这个实验，实验室的高温楼每天工作到晚上 11 点。制备催化剂有一定毒性，实验室条件差，通风不足，大家连夜值班，有几个人轻微中毒，但他们还是不离开岗位，只是简单吃点药。面对每天重复的实验，他们像上足发条的时钟，想停都停不下来。

当周望岳再一次说"重来"时，已经是第五次进行实验了。

大家又鼓起干劲，进行第五次实验。

1000 小时以上催化剂寿命实验，反反复复运行，每次都运行几百个小时。一位年轻科技人员在接夜班时病倒，杨凤琨、钟顺莉便顶上，连续上 16 个多小时班还没有吃东西。杨凤琨也坚持不住了，在实验室又拉又吐，高烧达 39℃，是大家用自行车把他推到医院的。

第五次 1000 小时以上催化剂寿命实验又遇到失败，可以说，这是研发顺丁橡胶十多年来的一次重创。那一瞬间，实验室内外的人都傻了眼，目光一齐投向周望岳，发出了种种质疑：

"怎么会这样？"

"实验还要不要继续？"

"这个实验到底有没有把握？"

周望岳从心里对自己说了无数遍：有把握，没问题。要坚持，要继续啊！可是，面对这一双双眼睛、一副副质疑的面孔，他们对顺利完成 1000 小时以上催化剂寿命实验的可能性存疑，这也是他事先没有想到的。周望岳什么都不敢说，在人们看不到成功希望的情况下，他如果说"有把握"就成了诳言。他不敢诳言，选择了沉默。他只是在心里一遍一遍地对自己说："我一定要找到问题，再多的失败我也要看到成功的希望。"

三、再多的失败，也要坚持到成功的时候

周望岳又一个星期没有离开实验室，他双手抱胸，在实验室不停走动，反复想这五次实验失败的原因。这天，他突然想到一件事：每次实验失败都是在晚上。为什么都是在晚上失败？是不是晚上气温下降造成的？他又想，应该不完全是晚上的问题，应该还有别的原因。他双手抱胸，像时钟的指针一样，在房间里不停地转，有时他也会停下来，像傻子一样对着某个仪器发呆。突然，他头脑里又冒出催化剂数量问题。到底是晚上气温下降造成的，还是催化剂数量问题？周望岳停下来，开始检查。检查得出结论，不是晚上气温下降造成的，而是催化剂的数量问题。

周望岳对 405 课题组的成员说："加大催化剂数量。"

陈献诚、杨凤琨连夜制作一批催化剂，把数量加大了 3 倍。

第六次 1000 小时以上催化剂寿命实验运行时，为了严格控制值班人员操作程序，确保实验稳定运行，周望岳干脆待在

三楼实验室，加入晚班行列。他每天值班到清晨才离开三楼，到一楼实验室里一个 4 平方米的小房间睡一下，又开始白天的工作。

这天清晨，周望岳离开实验室，刚倒在床上睡去，值班人员就发现反应器出现了问题。值班人员从三楼实验室跑到一楼，把周望岳叫醒。周望岳跑到三楼，他做的第一件事是保护好催化剂，不能让催化剂接触空气，然后开始修理反应器。周望岳从早上开始连续 24 个小时修理反应器恢复寿命实验，直到第二天早上，他妻子董坤年送来早餐，他才刷牙吃早餐。上午 8 点，夜班人下班，早班研究人员来上班，周望岳又上楼，躲进实验室上班，他就这样白天和晚上连着值班。

一个月悄然过去，1000 小时以上催化剂寿命实验运行到第 700 小时，催化剂的活性、选择性一直平稳。周望岳正想松一口气时，第二天凌晨 6 点，夜班人员紧急跑下楼，告知周望岳："流化床里催化剂不沸腾了，情况不正常。"

周望岳直奔三楼，发现预热器和反应器相连接的硅橡胶管裂开了，反应气从这里漏出。

周望岳与当班科技人员一起，立即用纯氮气接上反应器来保护催化剂，使它不接触反应气体，也不接触能再生催化剂的空气而造成前功尽弃。先吹纯氮使催化剂冷却到室温（反应温度为 370℃左右），然后更换预热器和反应器相连接的硅橡胶管。这段硅橡胶管在两端连接处的温度为 350℃左右，700 多个小时使用下来，两端石英管口都已粘有硅橡胶，需一点一点挖出来。

周望岳立即组织 405 课题组人员挖两端石英管口粘着的硅橡胶，人要躺在地上，一点一点挖出来，挖干净后，换上一段新的硅橡胶管，壁厚径小，要两端套上，还要求两端紧贴，以减少硅橡胶管与反应气直接接触。

硅橡胶管连接完成后，再将纯氮气从预热器口吹入，使反应器中的催化剂在冷态下流动起来。待流动正常后，预热器和反应器开始加热升温，直到反应器温度接近预定反应器温度时，用反应用的丁烯、空气和水蒸气取代纯氮流。寿命实验继续前面的 700 多个小时开始计时。整个修复过程花了周望岳 37 个小时，中途他只喝过几口水，像个铁打的汉子！

周望岳每晚坚持到半夜才离开现场，凌晨 2 时到 4 时之间，他都要用电话询问实验情况，再睡 2 小时，至 6 点起床、洗漱、吃早餐，接着进厂上白班，每天睡眠时间只有 4 小时左右。

1000 小时以上催化剂寿命实验连续进行了 50 天，过程十分平稳，没有发现什么问题，反应效果超过实验室小试，胜利完成了 1200 小时寿命实验。

"成功了！"第一个报捷人急切，惊喜。

"我们成功了！！"惊喜的声音一声比一声大，像是要让整个世界都听到。

"我们终于成功了！"

当惊喜的声音响彻整个实验室的时候，周望岳激动得说不出话来，他摸了摸头，突然发现自己的头发白了很多。不光是周望岳头发白了很多，经过这 3 个多月没日没夜连轴转的日子，所有人都感到自己老了几岁，但他们都觉得值得，他们成功了！

四、第三代铁系催化剂成果鉴定会

丁烯氧化脱氢制丁二烯第三代铁系催化剂通过 1000 小时以上催化剂寿命实验，又通过新建立的含氧化合物和炔烃的分析结果，产物中的含氧化合物和炔烃相当低，这是一个相当令人满意的实验成果。

兰州化物研究所向中国科学院汇报丁烯氧化脱氢制丁二烯第三代铁系催化剂的科研成果，中国科学院决定召开丁烯氧化脱氢制丁二烯第三代铁系催化剂研究成果鉴定会。

中国科学院通知兰州化物研究所准备技术资料、技术报告。

1981 年 9 月 10 日，在中国科学院的主持下，丁烯氧化脱氢制丁二烯第三代铁系催化剂研究成果鉴定会在兰州召开。中国科学院领导莅临兰州，参加人员还有中国从事丁烯氧化脱氢制丁二烯的专家、教授、工程技术人员以及工厂、科研单位代表。

周望岳向大会领导和专家详细汇报了实验成果，获得了与会人员的一致好评。

中国科学院专家根据周望岳的汇报，在会上论述：丁烯氧化脱氢制丁二烯所用的第一代催化剂是在"文化大革命"前研制的第一代钼系催化剂，当时在工厂进行放大实验时采用的是固定床，出现了"一堵、二挂、三污水"的问题，等于工业化没有成功；后来，受"文化大革命"干扰，在十年"文革"期间一直没有机会改正，现在兰州化物研究所成功研制出第三代铁系催化剂，解决了"一堵、二挂、三污水"的问题，具备进一步工业实验的条件。

鉴定：在国内首次成功开发了丁烯氧化脱氢用无担体铁系尖晶石催化剂，单程收率为60%—70%，真实选择性为90%—93%，副产品生成率低于美国 Petro-Tex 公司，原料丁烯单耗可降低15%左右，经济上获得较大收益。

会上一致通过鉴定。

会议最后，中国科学院领导向兰州化物研究所提出要求，希望他们尽快投入中试开发，实现产业化，更新现有合成橡胶的工业生产技术。

中国科学院领导说的最后一句话是：赶超世界水平。

1981年11月6日《甘肃日报》报道如下：

降低原材料消耗　减少环境污染
兰州化物研究所研制成功丁烯新催化剂

兰州化物研究所

兰州讯　兰州化物研究所经过七年研究和探索，在国内首次研究成功丁烯氧化脱氢用无担体铁系尖晶石催化剂。

丁二烯是我国发展合成橡胶工业的重要原料。丁烯氧化脱氢制丁二烯，是我国60年代初才问世的新工艺过程。它以磷、钼、铋为催化剂，成为我国制取丁二烯的主要工艺路线之一。但是这个生产过程存在着原材料消耗定额较高、环境污染较严重等缺点。针对这种情况，兰州化物研究所曾与兄弟单位合作，进行第二代催化剂的研究，未能解决问题。接着，研究人员又开始了第三代催化剂的研究，即铁系尖晶石催化剂的研究。

在研制过程中，科研人员应用现代物理方法考察了铁系尖晶石催化剂的晶相结构、表面性质和催化剂催化性能的关系，进一步了解了该催化剂的活性中心本质，通过示踪动力学和无梯度反应器中微分动力学的考察，求得了铁系催化剂上丁烯氧化脱氢的主要动力学参数和动力学数学模型。这些基础研究在实践和学术上均具有重要意义。

在由中国科学院主持的成果鉴定会上，专家们认为：化物所在国内首先开发的这一新催化剂，具有高活性、高选择性、高机械强度和低含氧化物生成率。据概念设计计算数据的预测，该催化剂应用于现有工业生产装置，可降低原料丁烯单耗百分之三十五左右，降低催化剂成本百分之三十，还可减低污水处理费用，在经济上将可取得较大收益。

第十章　继续前进

Chapter Ten

一、他们有一支强有力的科研队伍

1000 小时以上催化剂寿命实验获得成功的消息，传到中国各大企业、各大橡胶工厂，他们纷纷向兰州化物研究所来信来函，希望与兰州化物研究所合作，共同完成丁烯氧化脱氢制丁二烯第三代铁系催化剂工业放大实验。

周望岳和方展盛从众多企业中选中锦州石油六厂，觉得该厂具备进行铁系第三代催化剂工业放大实验的条件。

当天，方展盛向兰州化物研究所汇报锦州石油六厂情况。

兰州化物研究所研究决定：兰州化物研究所与锦州石油六厂共同开发丁烯氧化脱氢制丁二烯第三代铁系催化剂工业放大实验。

1981 年的 11 月 8 日，秋高气爽，阳光明媚，锦州石油六厂的会议室里，一边坐着锦州石油六厂副厂长兼总工程师张国栋和乔三阳、陈亚两位工程师，一边坐着兰州化物研究所的周望岳和方展盛。

周望岳向锦州石油六厂介绍实验成果，方展盛把一叠科研资料发给张国栋、乔三阳和陈亚。

张国栋说："我们有足够信心，与你们研究所共同完成第三代丁烯氧化脱氢中试放大工业实验。"

周望岳说："根据你们的实力，我们也有足够信心与你们共同完成这个实验。"

当双方谈到怎样研究开发第三代丁烯氧化脱氢中试放大工业实验时，周望岳说："丁烯氧化脱氢制丁二烯用流化床。"

张国栋愉快地接受了丁烯氧化脱氢制丁二烯用流化床这个新工艺。

窗外秋风吹进来，窗内暖暖的。

张国栋说："与其坐而论道，不如起而行之。我就不介绍我们厂了，请你们亲自检查。"

周望岳说："好，我们去车间。"

张国栋说："请你们指导。"

周望岳、方展盛随张国栋走进催化剂放大生产车间，周望岳看到车间有一个直径 800 毫米的反应器和第一代丁烯氧化脱氢催化剂固定床放大设备。

张国栋说："你看，有什么要改造和添置的设备，请你们提出来。"

周望岳说："中试设备只要改造反应器内部，装上挡板和内冷管，反应器前后整个系统的设备就能使用。"

张国栋说："那好！我们改造反应器内部。"

周望岳表示赞同地点着头。

周望岳把整个生产车间考察了一遍，心里有谱，觉得来这里是来对了。这里不光具备设备，还有一支强有力的科研队伍。

周望岳对张国栋说："铁系催化剂的放大制造，要解决两大难题：一是购买原材料的资金。"

周望岳进一步说："因为直径800毫米的反应器，催化剂的一次装入量为450公斤，从成型的催化剂破碎为挡板流化床所用的20—60目颗粒，按得率65%计算，需条状成型催化剂约700公斤，按在实验室用化学试剂来制造中试用催化剂，每吨成品催化剂的生产成本要15万至20万元。"

张国栋说："这就意味着每次中试的催化剂初装成本是7万至9万元。"

周望岳说："对，要提前做好准备，万一中试工业放大不顺，发生资金无着落被下令中试停止，咋办？"

张国栋说："我们筹备这笔资金。"

周望岳说："二是催化剂放大生产时，催化剂的机械强度要达到我们兰州实验室所制催化剂的强度，得以在中试装置上使用。生产每吨丁二烯所消耗的催化剂量必须落在成本允许的范围内，以保证投入工业生产时丁二烯的低成本。"

张国栋说："这个方法好。"

周望岳又说："对中试放大工作要进行三个方面的筹备：

一是恢复评价装置，二是改造800毫米直径的挡板流化床反应器，三是建立生产催化剂的工业装置。"

张国栋说："好，我们准备。"

第二天，周望岳、方展盛离开锦州。

张国栋是个雷厉风行的人，就在周望岳、方展盛离开锦州的当天下午，他立即申请研发经费。第二天，张国栋组织中层以上的干部和科技人员，召开了一个中试放大工作筹备会。会后，他调拨一批人力，开展中试车间建设，又组织一批队伍，对原材料进行采购。

二、寻找一种替代物，降低催化剂生产成本

周望岳再次来到锦州石油六厂，发现他们的筹备工作进展很快，不到一个月，催化剂活性评价及产物分析装置的恢复工作就完成了，含氧化合物和炔烃的定性定量测定的新方法也建好了。对直径800毫米的挡板流化床反应系统的改造，包括内部的内冷管和挡板、正丁烯原料分离系统、丁二烯产品的分离精制系统都已做好。万事俱备，只欠东风。

那东风，就是资金。

张国栋告诉周望岳，资金还在落实中。

周望岳说："对于催化剂放大生产，我们也可以想办法降低催化剂的生产成本。"

关于降低催化剂生产成本，周望岳给张国栋算了一笔账，如果锦州石油六厂还是用硝酸铁等化学纯试剂生产催化剂，每次流化床用催化剂的成本在7万至9万元之间，再加上原料、水、电和人工费，需要10万元。

张国栋问："也就是说，催化剂放大实验以你们实验室所用原料放大计算，每一次要花10万元。"

周望岳说："对。"

张国栋说："如果失败一次，10万元就打水漂了。"

周望岳："只要是实验，从来都不会一次性成功的，我最怕的就是资金链中断，前功尽弃。"

张国栋说："老同学，你说对了，我担心的也是资金链脱节，前功尽弃。"

周望岳说："我想寻找一种替代物，来降低成本。"

张国栋说："寻找一种替代物来降低成本，这个想法有创意。我厂有个工程师，她曾经做过这方面研究。"

周望岳说："哟！你们厂还有这方面的工程师，怎么没听你说过？"

张国栋嘿嘿地笑，然后说："你不可能对我们厂一下子全部了解，我们厂还有很多秘密是你不知道的呢！"

当天下午，张国栋把一个女工程师带到周望岳跟前，对周望岳说："这就是我给你说的工程师，王淑俊。"

周望岳握着王淑俊的手说："听说你在这方面有过研究。"

王淑俊说："研究谈不上，我在这方面有些想法，正想请教专家。"

张国栋示意王淑俊坐下，笑着说："你们一起研究吧！厂里还有事，我就不陪你们了。"

王淑俊在周望岳对面坐下来。

周望岳迫不及待地问："你有些什么想法？"

王淑俊说："对成本问题，我有一些初步想法。"

周望岳："快说说看。"

王淑俊说："如果用废铁自制硝酸铁来降低成本，怎么样？"

周望岳一下子被她点醒了，连忙说："也就是说，我们用半成品代替另一种硝酸盐。"

王淑俊说："这一段我正在研究这个问题。"

周望岳拍了一下手，兴奋地说："这个想法简直太好了。"

王淑俊接着说："如果您觉得可以，我们就用废铁达到降低催化剂生产成本的目的。"

周望岳说："我们研究一下。"

周望岳起身洗了桌上一个玻璃杯，给王淑俊倒了一杯开水。王淑俊接过周望岳递过来的开水，说了声："谢谢！"

周望岳回到她对面坐下，又问："锦州市有没有生产化学试剂的企业和出售废铁皮的轻工企业？"

王淑俊说："我去办公室找找花名册。"

王淑俊喝了一口水，放下杯子，去办公室。

周望岳有些按捺不住的激动，他想，如果这个办法能行，那就能节省一大笔资金，生产成本就可以大大降低。

很快，王淑俊拿来一本锦州市各企业单位的花名册，递给周望岳说："看看有没有用。"

周望岳翻了翻说："好，我们带着这本花名册，去看看。只有去看看，才知道有用没用。"

王淑俊说："好，我带你去。"

次日，天下着雨，周望岳撑着一把伞，拿着锦州市各大企业花名册，在王淑俊的陪同下，走进一家家企业，逐个视察、寻找。他们快找遍整个锦州市时，终于发现一个生产热水瓶外壳的企业，这家企业的仓库存有大量 0.2—1.0 毫米厚的薄铁皮废料。

周望岳看到这么多薄铁皮废料，说了一句："天助我也。"

王淑俊对企业老总说："我们买下你们工厂的所有薄铁皮废料。"

企业老总说："你们买走吧！我们放这里也没有用。"

王淑俊说："两角钱一公斤，两百元一吨。"

企业老总说："你们派车运走吧！"

当天，张国栋派出厂里的几部大货车，把薄铁皮废料拉回厂里。

周望岳用薄铁皮废料代替硝酸铁，发现比在实验室里小试用的硝酸铁价格便宜很多，仅为5%。每次硝酸铁成本不到1万元，这样工厂就承受得了，节约了大量经费。

这天，王淑俊又把周望岳带到一个生产化学试剂的企业，发现这家企业有金属硝酸盐。

周望岳把金属硝酸盐生产母液拿来使用，他将结果告诉王淑俊。

周望岳说："使用后效果极好。"

王淑俊说："我们做到了价廉物美。"

周望岳说："我们从企业搞回的两种原料可以算一笔账。"

王淑俊算了算账，对周望岳说："从每吨催化剂的生产成本 15 万至 20 万元，降至 2 万多元，催化剂每次中试成本，降至 1 万多元。"

周望岳看到王淑俊算的这笔账，大喜过望。

周望岳说："制作催化剂能如此节约成本，非常感谢你。没有你的大力支持，靠我一个人完全找不到这么好的原料。"

王淑俊说："不用谢！这是我们共同开创的事业。"

笔者采访晚年的周望岳时，他无比感慨地说："我们完成中国顺丁橡胶研制这项艰巨任务，锦州石油六厂所做出的贡献是多么重要！我对王淑俊充满敬佩和感激之情。后来我再也没有见到她了，再后来听说她去世了，我十分怀念她。"

三、一个成熟婴儿躁动于母腹

丁烯氧化脱氢制丁二烯第三代铁系催化剂工业放大实验开始之前，周望岳派陈献诚到锦州进行铁系催化剂放大试生产的具体工作。

陈献诚到达锦州石油六厂，总工办为他发了棉制工作服，方便他在车间工作。铁系催化剂的放大试生产安排在微球车间，这是生产石油催化裂化催化剂的车间。陈献诚走进车间，发现工人们的积极性不高，工作主动性较差。陈献诚通过进一步了解，才知道这个车间的试制工作刚刚经历过一次失败：北京某单位的催化剂在完成实验室工作后到微球车间进行放大，工人们在车间忙碌3个多月没有取得成功。车间上上下下跟着折腾3个多月，不欢而散。

此外，还有一个原因是，铁系催化剂的主要成分是铁，而微球车间生产的催化裂化催化剂怕铁，铁杂质的混入会影响催化剂的反应性能。在之前选定生产铁系催化剂装置时就考虑到这一因素，尽量少占设备，避免造成对原本生产工作的影响。只选了一台体积为 2.5 立方米的开口搅拌釜和一台真空吸滤过滤机，其他辅助设备另行拼凑。催化剂滤饼的挤条、干燥和焙烧过程则在相距五六百米的另一种催化剂生产工具中进行，物件的运送全靠拖拉机。

这是一条因地制宜、临时搭建的生产线。

催化剂原料运到车间全都是液体，用几十只大塑料桶装着，和在实验室使用的原料大相径庭。

这天，陈献诚向车间要来比重计，测了几桶溶液，发现比重变化不小，怎么办？

陈献诚和车间技术员田宝卿商量，到废料堆找到一个不锈钢桶，洗干净作为混气槽，将十桶八桶液体混匀后，作为一批原料使用。陈献诚又到石油六厂研究所实验室内用化学试剂配成不同浓度的浓溶液，分别测定相应的比重，并将这些数据绘成一幅原料浓度和比重的坐标图。通过这张图可以从比重查出溶液的相应浓度，解决了液体原料的投料量问题。同时又在微球车间的实验室里利用工业原料、工业用水制备了几批催化剂，评价结果均达到 H-198 催化剂的反应性能。证明原料是可用的。

在车间工人的共同努力下，他们很快完成了设备的试运行，已具备催化剂平和的条件。

这时，岗位主操人员排出来了，陈献诚从技术上把控反应岗位，田宝卿掌管过滤岗位，滤饼的运送由老工人刘景云负责。

　　原料相继投入到反应中，反应一切正常。晚上9点，过滤开始，真空滤机早已准备就绪，反应物料已由养料泵送到真空过滤机的料槽中，田宝卿开动真空吸滤机，巨大的转鼓缓缓转动，设在反应物料中的转鼓下部渐渐离开物料，染上一层铁锈红。随着转鼓的转动，红色的区域越来越大，有经验的工人已经听到不正常的嘶嘶的声音。真空吸滤机停止了转动，整个实验被迫停了下来。仔细查看，物料糊在滤布上只有薄薄的一层，还是稀的，不成饼状，刮刀刮不下来。

　　这时，有人当起了事后诸葛亮，也有人说起了风凉话。

　　张国栋、周望岳赶到现场会诊，达成一致意见，更改过滤方法，用板柜压滤机。大家经过一天的忙碌，试生产继续进行。

　　1981年12月，丁烯氧化脱氢制丁二烯第三代铁系催化剂工业放大实验即将开始，锦州石油六厂的宣传口号是：实现丁烯氧化脱氢制丁二烯第三代铁系催化剂工业放大实验，力争两个月完成，夺取新年开门红。

　　周望岳通知兰州化物研究所405课题组科研人员赴锦州石油六厂参加实验。405课题组陈献诚、周士相、兰仁杰、侯瑞玲、刘崇娅、李清沂、朱宝珍、张菊初、沈萍章、刘俊声、林景治、赵进长、钟顺莉陆续奔赴锦州，杨凤琨最后一个赶来。

　　杨凤琨离开兰州时，妻子挺个大肚子，快要生产了。他岳母拉着杨凤琨的手说："你能不能等我女儿生产了再去？"杨凤琨看着挺着大肚子的妻子有些犹豫：眼看妻子要生产了，我不在身边，岳母一个人应付得过来吗？果然，岳母又说："女人生孩子就等于在鬼门关走一趟。"杨凤琨听岳母这么一说，非常担心，可又转念一想：我如果请假，我负责的流化床的中试数据谁来完成？研究所派谁去顶替我？这个项目我一直在跟进，不能因为我而耽搁了催化剂放大生产和流化床中试。405 课题组去锦州前的那晚，杨凤琨一晚没睡，他既牵挂事业，又担心妻子。家里不能没有一个男人做主，他要是走了，妻子生产时就不踏实。妻子虽然不愿他在她生产时离开，但她看到杨凤琨对项目牵肠挂肚的样子，不忍心把他留在身边。她对杨凤琨说："你去吧！这项科研项目很重要。"杨凤琨感激地拉着妻子的手。出发前，杨凤琨骑自行车到粮店，买回了一个月的计划米，又去商店，购了一些红糖、墨鱼和鸡蛋，临走时，一遍遍叮咛妻子，多保重。

张国栋和周望岳整理好了制备催化剂的车间，405 课题组科研人员与锦州石油六厂技术人员开始铁系催化剂放大生产和流化床中试实验。厂里那套机械自动式设备，将挤成条的催化剂放在传送带上面，它在一定温度下自动运行，干燥 24 小时后催化剂被收集在一个容器里。

第一次实验结束，收集到的催化剂里只有一部分是颇为理想的硬性条状物，绝大部分是没有一点强度的粉状物。

周望岳一时接受不了眼前的事实，一屁股坐到板凳上。他想，收集的催化剂怎么会是一点强度都没有的粉状物？不应该呀！这时，他脑海里闪现出兰州实验室实验的情景。这是他们在实验室实验时没有出现过的现象呀！怎么做工业放大就出现这种现象？

但事实就是这样。

这一切都不在他们科学研究时的预料中，尽管他们在研究和反复实验中不存在一点纰漏，但事实就是这样。

问题出在哪里？

周望岳似坠入了无底深渊。

张国栋说："只有找出原因才有成功的希望。"

周望岳从板凳上站起，他和405课题组的科技人员又将指标一项项进行核对。

张国栋说："指标没有问题。"

周望岳说："那么问题究竟出在哪里？"

周望岳在机器前走来走去，突然，他在一台自动干燥机旁停了下来，这台自动干燥机从外观上看没有一点问题，他离开几步，觉得有点不放心，应该再仔细看看，便又走回来，拆下干燥机的几个零件，从里面看了看，自言自语道："这台自动干燥机里面好像也没有问题。"

张国栋说："这台10米长的自动干燥机，运转起来是可走可停，速度可快可慢，加热后，温度可以调控。"

周望岳说："那么说，第一次实验全机网上加满湿的条状催化剂后，温度升到100℃，24小时后去收集催化剂，才发现成败对比十分明显。"

所谓成败对比十分明显，就是说收集到的催化剂，一小部分是硬性条状物，一大部分是没有强度的粉状物。

张国栋点点头。

周望岳还没有找到原因，他双手抱胸，站在那里，盯着墙发呆。

突然，周望岳从一面毫无关联的墙壁上得到启示，可以说是茅塞顿开。他发现凡是墙体两边通风的地方，催化剂都是呈粉状物，凡是墙体两边有柱子遮蔽的地方，就是说不能通风的地方，催化剂都是呈硬性条状物。

这台自动干燥机是沿墙安放的，这说明催化剂的干燥不能在通风的条件下进行，而要使湿的催化剂水分不能快速逸出，就只能在有湿度的空气中慢慢进行。

周望岳发现，成败对比十分明显，竟是和车间墙体有密切关系。

周望岳做第二次补充实验，他将一部分湿的条状催化剂放在风能吹到的地方，一部分放在风吹不到的地方，24小时后的干燥结果再次证明周望岳的判断是正确的。

周望岳决定启用另一套干燥设备，即隧道式烘房。隧道式烘房全长20米，用蒸汽加热，隧道内温度达到80℃—100℃，运行速度可调节，周望岳决定选24小时全运行，即隧道里的车进出为24小时。装催化剂的车，可放6层催化剂装盘，每次用两辆车装满12层，一次可干燥的催化剂量相当于自动干燥机的一次干燥量。

可是，隧道式烘房已经闲置多年，需要清理，这时临近春节，贴春联，放鞭炮，过年的气氛越来越浓。周望岳叫405课题组的科技人员回家过春节，自己留下来清理隧道式烘房。

杨凤琨说："你也同我们一块回去吧！"

周望岳说："你赶快回家看儿子，你再不回去儿子就只认得妈妈，认不得你这个爸爸了。"

杨凤琨说："真快，儿子出生有两个多月了，我还不知道儿子长得啥样子。"

陈献诚说："我也留下吧！多一个帮手。"

周望岳说："陈献诚，你家上有老下有小，老婆还生着病，回去过年吧！"

周望岳执意让陈献诚回家团聚，自己留下来，坚守在现场。周望岳和一位50多岁的车间主任，还有一位50岁的女工，一同清理隧道式烘房。只有这样做，开年才可投入催化剂制作。如果他回家过年，新年后就不能制作催化剂。

他们三人把隧道式烘房用蒸汽加热，把温控烘车运行的动力以及速度控制都整理好，周望岳最后检查烘车时，发现其中一辆烘车的四只轮子脱轨。

周望岳说："这可怎么办呀！烘车有400多公斤重。我们的劳力是两男一女，年龄合计150多岁。"

周望岳看了看他们，又说："时间已是1981年除夕下午，这期间是不可能有外援的，一切只能依靠自己。"

车间主任说："我们一起试试。"

周望岳说："只能辛苦两位了。"

女工说："没问题的。"

三人伸出六只手，把吃奶的劲都拼上，将又笨又重的烘车移上轨道。这个任务完成的时候，周望岳感到双臂酸痛，全身极度疲劳。这时四周鞭炮声阵阵，家家团聚的幸福时光已经来临。周望岳叫车间主任和女工赶忙回家过年，他自己不顾身体疲累，为感谢东北三位厨师为他们烧饭做菜，亲自办年货表示心意。

周望岳把他们送出门，他们都回家过年了，自己草草吃点饭菜，回招待所睡觉。他张开手臂脱衣服时，感觉双肩肌肉撕裂般疼痛，在抬烘车上轨道时，双肩用力过猛，引发肩周炎。他一边脱衣，一边痛得咬牙切齿。北国严寒，要穿要脱的衣服很多，房间里就他孤身一人，谁能伸手相助啊？夫人在身旁就好了。这时，他思念远在西北的夫人和儿女。

周望岳这一觉睡得昏沉，睡到新年早上还没醒来。

突然，招待所一阵铃声将他闹醒。

周望岳挣扎着爬起来抓起电话，原来是双胞胎女儿嵘儿的声音："爸爸，向您拜早年！妈妈叫我吩咐您，一人在外，一定要爱护身体。"

周望岳从迷糊中笑出声来："小丫头，你要吩咐谁呀？"

"对不起，爸爸，还是让妈来吩咐您吧。"

只听得电话里董坤年和三个儿女在笑，他也不禁哈哈大笑。

这可是长城东西两头的对话，阎肃老爷子填词道："它一头挑起大漠边关的冷月，它一头连着华夏儿女的心房。"

新年的第一天开始了，周望岳推开窗户，随口念了一句："忽如一夜春风来，千树万树梨花开，北国的风光无比壮美。"

东方欲晓，莫道君行早。

1982 年大年初一，周望岳满怀愉悦和期待的心情，早早来到现场。

战阵拉开，当班的工人从四种不同的液体制成沉淀物开始，到制成一盘盘内装圆柱状面条似的湿催化剂，再到送到隧道式烘房。周望岳接过一盘盘催化剂放上烘车，两车放满，关上烘房门，开始升温加热，开动牵引烘车的马达，使其以每分钟 1.4 厘米的速度前移。

结果会是怎样？

100℃的高热烘房，只能等 24 小时后烘车冷却，才能打开烘房见到烘干的催化剂的真面目。就近一看，竟然都跟原先自动干燥机上的催化剂一样，很硬，表示强度很好，周望岳如注视着新生的婴孩一样欢呼它来到人间。

第十一章　曙光在前

Chapter Eleven

一、失败是成功的前奏曲

1982年2月，春节后上班的锦州石油六厂的工人们，准备好迎接丁烯氧化脱氢用铁系催化剂走上工业生产的关键性实验。

临近实验日子，周望岳趁机回一趟兰州，一是，物色人员来锦州参加中试放大实验；二是，布置在研究所的科技人员进行动力学、反应机理以及量子化学计算等几个方面的研究工作，为这一项重大科研项目做预演。他们不仅要知其然，更要知其所以然，目的是为了顺利进行工业放大，不致捉襟见肘，乱了方寸。

东北虽然过了春节，但气温仍在零下十几度，这样一来，给整理反应系统的工人带来诸多麻烦。首先是管路一进水就冰冻，冰冻的管路要等室外温度升到零上才能进行施工。

天公不作美，但时不等人，锦州石油六厂的工人发挥集体作用，进行人工解冻，他们用了一个月的时间来解冻，才疏通了反应系统，完成了实验前的全部准备工作。

这天，周望岳和 6 名科技人员从兰州赶到锦州石油六厂，迎接丁烯氧化脱氢制丁二烯第三代催化剂的流化床中试放大实验。

这次，周望岳没有安排陈献诚来锦州，但他还是赶来了。

陈献诚家上有老下有小，父亲已 70 岁高龄，右眼失明，左眼只有 0.2 的视力，年近 70 岁的母亲体弱多病，妻子张灿云患有肾病，长子 9 岁，幼子才 3 岁，这是一个老弱病幼的家庭。陈献诚来锦州做中试放大实验，家中困难不少。陈献诚和方展盛住一个宿舍楼，以前陈献诚去锦州，都是方展盛上门和他父亲谈心，解决老人家的思想负担，陈献诚家里有事就找他。杨凤琨经常去陈献诚家看望，帮他家扛液化气瓶等，使陈献诚能全力以赴投入锦州的工作。现在陈献诚妻子的病越来越严重，周望岳要他留在兰州照顾妻子，结果他还是来锦州了。

丁烯氧化脱氢制丁二烯第三代催化剂的流化床中试放大实验，在兰州化物研究所实验室进行小试阶段时，流化床每次装量不到 100 克，而现在要在 800 毫米直径流化床中试的装置里，一次装入催化剂 450 公斤。

张国栋说："在你们兰州的实验室装量不到 100 克，到我们锦州的放大实验装量 450 公斤。这一步，是一个飞跃啊！"

周望岳说："只有跨越这一步，才有可能推进工业化生产。"

张国栋说："如果我们顺利度过这半个月，催化剂成品产量就可以跃升到 1800 多公斤。"

周望岳告诉张国栋，这次丁烯氧化脱氢制丁二烯第三代催化剂的流化床中试实验，是在反应器两个关键性结构改造后的第一次实验，成败将牵动全局。

周望岳为了掌控全局，向锦州石油六厂申请了一部专线电话，用它联系中试放大的各个现场。

实验中，周望岳反复强调：中试放大实验与兰州实验室小试阶段一样，要持续 1000 小时以上，不允许中断；而这次中试放大实验与兰州实验室小试阶段不同的是，它涉及面比较广，包括常规分析、测试炔烃和含氧化合物、反应器系统整治等。

这天，周望岳整治完反应器系统，张国栋开始向各车间布置任务。

周望岳说："中试放大实验是否成功，主要有两个关键问题：第一，能否在工业生产装置上生产出有高强度、能运用于流化床的催化剂，而且反应性能可重现小批生产的催化剂的实验结果。几个月前，工业装置上生产的催化剂已由我们带回兰州评价得知，这个问题已经解决。"

张国栋问："第二个呢？"

周望岳说："第二，能否跨越这类工艺会经常出现的反应器放大效应。我们是从截面积 2 平方厘米的实验室里的小试流化床，跨越到 5000 平方厘米的中试流化床。催化剂装量从不到 100 克的流化床、到 450 公斤的中试流化床，也就是说，放大倍数近 4500 倍，在这样大倍数的放大情况下，看流化状态会不会出现问题，这个反应结果能不能再现在兰州化物研究所的小试状态。"

张国栋说："我们有信心，相信这个实验一定会成功。"

锦州石油六厂的工人们鼓起掌来。

周望岳马上投入到丁烯原料的检查中，他将丁烯原料认真检查了一遍，对身后的工作人员说："丁烯原料合格。"

周望岳又把催化剂装入前的反应系统检查了一遍，对身后的工作人员说："反应系统检查通过。"

周望岳扫了一眼整个车间，看到一切就绪，大声说："通空气、升温。"

周望岳看到温度升到预定温度，又说："投入丁烯原料。"

水蒸气和空气经预热器进入反应器半小时后，周望岳从生成器管路中取样，分析反应结果，又在气相色谱仪上看到分析结果，兴奋地说："反应结果完全再现兰州化物研究所的小试，太理想了。我们可以开始了。"

张国栋大声宣布："实验开始。"

实验按计划有条不紊地进行着，它像在兰州化物研究所1000小时以上的实验一样，不能中断。大家心里数着：1个小时、2个小时……9个小时，人们似乎看到了成功，胜利就在眼前了。

谁知10个小时后，反应温度难以维持，反应温度下降，反应结果随之下降，很快，反应温度降至催化剂启动温度以下，这就被称为"灭火"了。

突然出现"灭火"现象，405 课题组的科技人员和锦州石油六厂的科技人员、操作工人都有些措手不及，大家都愣在那里。

周望岳小心翼翼地从一排排机器面前走过，一项项检查、观察，透过玻璃钢，看那些设备运行的情况。一会，周望岳跑到车间外，一股凛冽北风吹过来，他顶着北风，爬到几十米高的管道进行检查，风差点把他吹下来。他检查完回到车间，发现气氛有些严肃，车间肃静得连一根针掉到地上都能听见。周望岳看得出，大家是在屏住呼吸，等待一个判断，等待一个重要时刻。

周望岳脸色铁青，神经绷得很紧，大声说道："再试。"

车间里点火，通气。

1 个小时……5 个小时……9 个小时……11 个小时，看着实验 1 小时 1 小时地运行，大家心里只有一个愿望，希望"灭火"现象一去不复返，然而，顺利运行到第 22 个小时时，"灭火"现象又出现了。

周望岳带着 405 课题组人员又将所有程序检查了一遍，没有发现问题。大家又从第 1 小时开始，进行第三次实验。

张国栋对周望岳说："你回招待所睡一下，这里 10 个小时之内应该没有问题。"

周望岳说："我们一起去休息吧！"

周望岳回到招待所已是零点，但他还是睡不下，他守在电话机旁，隔一个小时打一次电话，询问情况。

　　第二天早上，周望岳跑进车间，发现反应温度降至催化剂启动温度以下，实验照样以"灭火"告终。

　　张国栋说："这个中试放大怎么屡次出现'灭火'现象，是什么原因？"

　　周望岳说："我怀疑反应器内部有问题。"

　　周望岳把自己的怀疑给张国栋做了一番分析，张国栋觉得周望岳分析得有道理，他马上带几个工人，在反应器上割出一个观察孔，从肉眼看到一切正常后，封死观察孔，换上催化剂再运行，进行第四次实验。

　　第四次实验大家又从第1小时开始盼望，盼望不要"灭火"，盼望实验一直运行下去。1小时、2小时……1天、2天……当第5天第120个小时过去时，又出现了"灭火"现象。张国栋毫不犹豫，带科技人员在反应器上又3次割开观察孔。

　　周望岳狠下心说："准备再试。"

二、成功，孕育在不断失败中

这天上午，兰州化物研究所 405 课题组的科技人员和锦州石油六厂的科技人员，各就各位，准备进行第五次实验。

张国栋说："点火，通气。"

实验运转到当天下午 3 点，"灭火"现象又出现了，全场一片惊慌，在场科技人员都两眼发直，叫声不断。随即，一双双质疑的眼睛望着周望岳和张国栋：

这是怎么回事？

怎么还是这样？

这样能成功吗？

已经连着五次失败了，每次中试运转费需要 10 万元，每次中试放大实验要花费一二十万元。五次失败就意味着几十万丢进水里，连泡都不冒一个。

也是一次次巨大失败，锦州石油六厂有些人开始对兰州化物研究所的科技人员产生怀疑：

你们这些专家行不行?

周望岳到底行不行?

紧接着,各种流言蜚语纷至沓来,不仅锦州石油六厂内部出现怀疑,失败的消息还传到了兰州,兰州化物研究所有个别同志说三道四,冷嘲热讽,甚至有人指名道姓,说周望岳科研成果有问题。还有人预言"这项中试放大实验要以失败告终"。

紧接着,操作工人发生了不配合和阻挠实验的情况,实验工作处于艰难和被动的境地。

才下午3点,还没到下班时间,那些操作工人就从中试场跑出去,边跑边骂。

才下午3点,人跑光了,偌大一个场子只剩下周望岳和张国栋。

天开始变黑,周望岳拖着沉重的脚步回到招待所,他倒在床上,彻夜难眠,辗转反侧。

这一年,多少个日日夜夜的努力,这一年,多少个日日夜夜在煎熬中摸索,有的同志发高烧,仍在坚持工作;陈献诚妻子重病在家,他很想回家照顾,但都没有请假,生怕自己请假影响大家的情绪。实验中遇到失败,周望岳及405课题组的同事都是不露声色地在顶着、坚持着,而现在他看到的几乎都是冷眼,听到的几乎都是怀疑的声音。

周望岳感到了前所未有的压力,他有些承受不了了,他抬起手,拿起身边的电话机,拨通兰州化物研究所的电话,要金振声接电话。

周望岳在电话里对金振声说："花了国家那么多钱，做了那么多次实验，凝结了那么多人的心血，还是失败了，我深感对不起国家。"

周望岳以悲痛的心情向金振声报告中试失败。

金振声安慰道："望岳同志，既然是实验，就有失败的可能性。多几次失败算什么？"

周望岳说："累次失败，给研究所抹黑了，我愿意承担责任。"

金振声说："想开点，因为谁也不想失败。"

周望岳说："失败多了，我让人看不到希望。"

金振声说："失败是成功之母。在兰州实验室的1000小时寿命实验，不也是多次失败吗？现在不是承担责任的时候，而是要积极争取成功的时候。"

周望岳说："可是，实验可能会进行不下去。"

金振声说："只要有成功可能，你可以再试。"

周望岳说："可是——"

金振声说："没有可是。找出根本原因，继续努力。我们支持你。"

金振声几句话，说得周望岳眼眶红了，同时也坚定了他的信心。周望岳感觉自己像一条扬帆的船，乘风破浪，向前冲。

周望岳披衣走出招待所，当他不知不觉走到中试车间门口时，发现里面有灯光，他毫不犹豫地走进去，看到张国栋在那里。

张国栋说："老同学，你来了。"

周望岳说："老同学，你也睡不着啊！"

张国栋说："我想安安静静找找原因，白天那场面有些混乱。"

张国栋与周望岳不约而同地来到了车间，周望岳晚上来，也是想排开白天的纷扰，安安静静地找原因。

周望岳对运行的机器进行了检查，张国栋把剂量测试了一番。周望岳的检查和张国栋的测试结果显示都为正常，他们忙到下半夜也没有找出原因，没有发现问题。

原因在哪里？

问题又出现在哪里？

张国栋、周望岳站在车间，你望着我，我望着你。

如果找不出原因，明天怎么继续？

如果没有问题，这个实验是不是只在实验室成立，也就是说只在实验室里能成功？

车间灯光分外明亮，照着这两个男人。

张国栋问周望岳："老同学，你是不是听到了一些议论？"

周望岳坦率地说："我听到了一些，大家怀疑我们这些科学家和这个科研项目。"

张国栋说："以我们屡次失败的情况来看，大家不怀疑才是不正常的。"

周望岳说："老同学，压力太大了，我很苦恼。"

张国栋望着周望岳，心想，当初他来锦州石油六厂搞这个放大实验，是怀着美好憧憬的，并为此付出了很多。当遇到屡次失败，锦州石油六厂的科技人员和几千名工人看不到希望，老同学所顶的压力可想而知。

周望岳又问："国栋，你是怎么想的？"

张国栋说："说句老实话，我不知道顺丁橡胶这么难搞，现在有些骑虎难下。"

周望岳说："顺丁橡胶研制已耗去我20多年了，从一个年轻小伙子，快耗成一个秃老头了。"

张国栋说："可不是吗？我们都不年轻了。"

周望岳问："你想知难而退？"

张国栋说："那倒是没有。"

周望岳目光坚定地说："万里长征我们都快走过来了，我就不相信走不完这最后几公里。"

这句话说到了张国栋的心坎上。张国栋说："开弓没有回头箭，我们继续努力吧！"

周望岳说："最困难的时候，也往往是事业最接近成功的时候。"

张国栋说："冬天过去了，春天还会远吗？"

周望岳说："曙光就在前面。"

张国栋说："我相信顺丁橡胶离曙光不远了。"

　　与其说，两位老同学在进行一次推心置腹的谈话，不如说，两位老同学在互相鼓劲、互相支撑，彼此给予对方力量。

　　快到天亮时，两个人又一声不吭，认真对各项指标进行检查。

　　张国栋说："各项指标达标，各项条件也都满足。如果查不出问题，再进行实验也会过不了关。"

　　"问题到底出在哪？"周望岳轻轻问张国栋，又像在问自己。

　　张国栋说："这两年，铁系催化剂从活性、选择性都有进一步改进，机械强度也取得了突破。"

　　周望岳说："当时的寿命实验是在实验室流化床装置上进行的，获得了 H-198 铁系催化剂扎实的结果，而在你们每年 1000 吨中试装置上进行实验就遇到了工程上的严重问题。"

　　张国栋感叹地说："实验室实验和大工业放大实验，相差千万里啊！"

　　周望岳说："从第一次实验，我们克服了无装置、无条件的困难，在拼凑的装置上制备了 2.5 吨催化剂，紧接着又在直径 800 毫米流化床中试脱氢装置上试运行，由于反应器温度飞升，仅运转 54 个小时就被迫停车。也是通过一次次实验，我们看到，催化剂放大生产和流化床中试走到了一个艰难阶段，旧的问题解决了，正在向前迈进，进行下一步研制，新的问题又出现了。"

　　张国栋说："对于这个新情况，我们头脑有些混乱不清，难以找出原因。"

　　周望岳说："原因没有找到时，我们停止实验。"

张国栋点着头。

这时，天亮了，周望岳和张国栋走出车间。

这天上午，金振声和分院领导王维琪、代理党委书记申松昌、中国科学院苏贵升等领导、专家一行，赶赴锦州石油六厂。

周望岳向领导、专家汇报失败情况，带他们走进实验车间进行实地考察。下午，领导、专家、405课题组的科技人员和锦州石油六厂的科技人员齐聚到小会议室。

金振声说："催化实验项目在实验室里有成千上万个，取得比较理想结果的项目也有很多，可是能上中试放大的屈指可数，进而投入工业化实验的更是寥寥无几，今天我们在中试放大过程中遇到失败不算什么。"

众人纷纷点头。

兰州化物研究所请来的中国科学院苏贵升专家说："科学是无情的，技术上没吃透，坎就迈不过去。急于求成，欲速则不达。一个好的科学家，要具备成败两方面的考虑。"

王维琪说："我相信，放大效应产生的工程技术问题是可以解决的！你们要顶住各种反对的声音和压力，找出原因，进行第六次实验，这项实验是可以成功的。"

申松昌说："我们相信你们，就像相信顺丁橡胶研发一定会成功。"

周望岳、张国栋和在场的科研人员看到领导们对这项实验坚定不移的支持，情不自禁地鼓起了掌。

晚上，金振声与领导、专家一行，坐火车离开了锦州。

第二天上午，周望岳派陈献诚去广州华南工学院，利用他们的微型实验室装置，研究催化剂成型工作；周望岳又派杨凤琨去南京将催化剂制成球状。周望岳派他们两人去外地后，他没有马上进行第六次实验，而是召集 405 课题组的科研人员、锦州石油六厂的技术人员及参与实验的工人们开会。他想，在没有找出原因时，一定要鼓舞斗志，不能使人心涣散。一旦人心涣散了，局面就很难挽回。只有鼓舞士气，坚定思想，才能稳住脚跟，才能与锦州石油六厂的员工们共同渡过难关，看到成功的希望。

周望岳在会上说的第一句话就是：我们一定要充满信心。

张国栋代表锦州石油六厂表态："我们相信你们。"

周望岳说："问题出在哪里？我们一定会找出来。"

周望岳针对一次次失败进行分析，制定解决方案，再制定下一步实验办法，研究新的解决问题的方案。周望岳最后说："我们找问题，从查找装置、维修设备开始。"

散会后，大家走进中试实验车间，从装置中开始查问题，发现这里的装置已闲置多年，水、气、电及仪表系统都不正常，加之操作不当等原因，也可能导致中试放大失败。

这时，周望岳对反应器产生了怀疑，不得不打破砂锅问到底。

周望岳问："你们觉得反应器怎么样？"

有人回答："反应器一直正常。"

周望岳说："怎么个正常法？"

又有人回答："一直是这样运行的。"

周望岳找来几位操作工人，对他们说："请拆开反应器。"

工人们立即拆开反应器，周望岳把拆开的反应器逐一查看，发现反应器直径 800 毫米的一个桶里，装了 8 组内冷管，管上按要求装上了挡板，每一组内冷管都有一个堵头，结果每次点火升温时，反应原料气经过预热器升到 300℃后进入反应器，这个时候 300℃的温度若维持不住就会熄火。

原因是 8 组内冷管中，有 5 组内冷管的倒锥形封头掉在了底板上。结果导致五根管子的冷水泼到催化剂上面，反应器内的催化剂达不到正常反应温度，所以造成了熄火。

原因找到了。"灭火"的原因终于找到了！

大家欣喜若狂。

周望岳对大家说："我知道下一步怎么做了。我们只要改装好，就可以成功。"

周望岳是个动手能力很强的人，他爬到废品堆里找到一个直径 800 毫米的废换热器外壳，取一段和反应器一模一样的主体后，再从旧反应器中拆下相关小件进行拼凑，重新做了一套内冷管。他又请车间吴工程师帮忙画图，并送到检修厂，用 6 分管焊 8 组，虽然用料不多，但只有合理地改变倒锥形封头的加工方法，以此杜绝漏水难题，中试放大才可以继续。

继续中试放大试验之时，已接近 1982 年新春佳节，周望岳劝说405课题组的人回兰州过春节，自己留在这里完成扫尾工程，这样，新年后上班才可以进行第六次实验。

周望岳一个人做着扫尾工作，耳边不断响起鞭炮声。哦！春节来临，在周望岳的记忆里，1982年的春节仿佛昨天刚刚过去，金猪之年就哼哼哈哈地前来报到了。在这除夕之夜，北风凛冽，周望岳打开窗户，眺望远方，思绪飞到几千里外的兰州，脑海里映现出爱妻、长子、龙凤双胞胎的身影，他想起杜甫的《月夜》："今夜鄜州月，闺中只独看。遥怜小儿女，未解忆长安。香雾云鬟湿，清辉玉臂寒。何时倚虚幌，双照泪痕干。"满心皆是分居异地的相思、难以割舍的牵挂。但周望岳却又惊奇地发现，今年除夕跟去年除夕相比，心情又有所不同，一个久藏胸中的物体形象，那时朦胧，现在清晰，那时简单，现在丰满，甚至呼之欲出，正如伟人所言："它是躁动于母腹中的一个快要成熟的婴儿。"

三、万里长征的最后一公里

1982 年正月初五，兰州化物研究所领导考虑到周望岳有两个春节都在锦州，坚守岗位没有回家，便派杨凤琨去锦州替换周望岳。

周望岳说："我现在还不能回家，我要和大家一道进行中试生产开车，共同商讨实验中有可能出现的问题和解决方案。"

杨凤琨说："这是领导的关怀，你还是回去休息几天。"

周望岳说："我会回去休息，但要等这里的实验成功后再回兰州。"

杨凤琨说："你就回去吧！实验开始也不是一天、两天，而是一个月、两个月，甚至更长，我在这里盯着。"

周望岳说："我回去几天，顺便查个资料。你在这里盯着，一有消息就给我打电话。"

1982 年 3 月 5 日，锦州石油六厂进行第六次中试放大实验，张国栋为了这次实验能成功，在进行实验之前，撤换了车间主任，重新调整了人员，配备了一批更为精干的技术人员。

进行初开车时，张国栋为了把关，亲自跳上车机进行操作。

这天是星期日，杨凤琨与锦州石油六厂的技术人员一同开车，中试装置运转 1 天、2 天……10 天……20 天……30 天，运转正常，中试放大非常顺利。杨凤琨打电话向周望岳报告结果，周望岳听到这个好消息，立即返回锦州。

周望岳守在中试装置旁，中试装置连续运转，50 天、51 天……55 天。中试现场上有几十双眼睛盯着分析仪器的指针，现场外还有无数双眼睛，参加中试的所有人员不敢怠慢，全力以赴。

周望岳看到已经第 55 天了，心想只差几天了，他小心翼翼，从一排排机器面前走过，透过玻璃钢，看机器运行情况。车间里气氛紧张，大家瞪着双眼，神经绷得很紧。他们是这样，周望岳何尝不是这样，国家把顺丁橡胶研制这样一项重大项目交给他们，这是对他们的无限信任，而顺丁橡胶研制历经了 20 年，眼下是"万里长征"的最后一公里。

56 天、57 天、58 天，当运行到第 60 天即 1440 小时的时候，时间到了 1982 年 5 月 5 日，第六次中试达到了预期的结果。

"成功了！"

"终于成功了！"

大家振臂欢呼！周望岳情不自禁地抱住张国栋，喜悦的泪水从眼眶奔涌而出。

金振声得到中试放大终于成功的消息时，不忘及时向周望岳爱人董坤年报告喜讯。董坤年在滂沱泪水中牵起了无尽思念。

按照常规，科研工作圆满结束，可以组织专家鉴定了。周望岳认为工作还没有完，从中试放大到工业装置见到实效，常常需要几年时间。这个过程中还可能遇到问题，甚至会出现前功尽弃的情况。他建议把鉴定会延迟到工业化试生产成功后再开。

周望岳的建议得到了中国科学院和石化总公司的批准。

周望岳、张国栋和工厂技术人员，发扬连续作战精神，他们分别把关，在改造的每年 6000 吨生产装置上，换上 H-198 铁系催化剂，进行工业试生产，每年 6000 吨生产装置立刻变为每年万吨生产装置。

工业试生产在直径 2600 毫米生产装置上进行，从 1982 年 5 月准备工业试生产到 1982 年 9 月，工业试生产共三次，都没有取得理想的结果。10 月初，苏贵升专家来到锦州，指导第四次工业试生产。

那是一个秋高气爽、艳阳高照的上午，锦州石油六厂进行第四次工业试生产，在张国栋的总指挥下，工业试生产过程进展非常顺利，取得了令人满意的结果。锦州石油六厂从 10 月初开车到 12 月 12 日，生产一直没有停，为了生产丁二烯连续运行。工业生产装置正常运转已超过 1000 小时，全面指标达到预期要求，充分证明这种新型催化剂完全可以投入正常工业生产。

工业试生产的结果表明，各项性能指标参数均超过实验室中试所取得的结果，与美国 Petro-Tex 公司固定床的结果相比，有害含氧有机化合物的生成要低一半多；与之前我国工业运行的 P-Mo-Bi/SiO$_2$ 催化剂相比，其原料消耗定额大大降低，性能指标远远超出，特别是对环境造成污染的含氧有机化合物的生成率仅是原来的二十分之一，污水不用处理，经稀释可达标排放，减少了污水处理费用，同时空气中散发的有恶臭的气体大大减少。这一结果得到了深受污染之害的现场作业工人、周边居民以及来往于厂门口的公共汽车司机的肯定。应该说，取得了立竿见影、实实在在的社会效益和经济效益。

这时，周望岳开始整理数据，编写鉴定会材料，准备 12 月中旬与大家一道去北京开鉴定会。

1982 年 12 月 17 日，在新型催化剂完全投入工业生产后，周望岳和 405 课题组的科技人员，依依不舍地离开了他们奋战两年零一个月的战场。他们从锦州直接赶到北京，参加中试和工业试生产鉴定会。

《甘肃日报》1982 年 11 月 5 日报道如下：

开展科研　勇于攻关的周望岳

兰州化物研究所

中国科学院兰州化物研究所副研究员周望岳，是新中国第一代大学毕业生。近三十年来，他和同志们一起，为加速我国石油化学工业的发展，在开发丁烯氧化脱氢制丁二烯的新过程和研制丁烯氧化脱氢用三代高效催化剂上，做出了成绩，使我国有了处于世界先进行列的生产丁二烯的新过程。最近，这项研究荣获国家自然科学奖二等奖。

一九六二年，为了发展我国自己的合成橡胶工业，周望岳在尹元根主任启示下，提出了氧化脱氢的设想，经过一年的奋战，取得了比早于我国起步的苏、美学者发表的专利报道要高的实验结果，并分别在兰州和锦州同时建成两座世界上最早的半工业生产装置，为中国人民争了气。

之后，又在开发丁烯氧化脱氢用锡系催化剂上取得了成功。

党的三中全会带来了科学的春天。周望岳和同志们接受了负责开发新一代更高效的丁烯氧化脱氢用铁系催化剂的研究任务，一九八一年实验成功，并初步开发成功了适用于流化床、恒温床和绝热床三类不同床型的丁烯氧化脱氢用铁系高效催化剂，为五座万吨级合成橡胶厂的技术改造和一座更大规模的丁二烯生产厂的建设，提供了提高经济效益和减少污染的可靠科学依据。

老厂革新的新厂建成后，每年可纯增合成橡胶近万吨，纯增产值可达亿元。

在整个实验的过程中，周望岳以科学事业为重，把全部心血都倾注在实验现场。一九七一年，要去锦州进行中场放大实验，他的妻子卧病在家，还有两个七岁的孪生子女，需要照料。但他却送妻子去外地治病，毅然带着两个孩子赴锦州实验现场工作。在锦州他染病住了院，仍在病床上指导中试工作的顺利进行。周望岳长期在锦州出差，两次过年都没有回家，今年春节他就是在锦州工作现场度过的。铁系尖晶石催化剂的寿命实验，需要连续两个一千小时。为了保证实验顺利进行，周望岳搬进了实验室。两个多月的时间，他没有休息过一天。就这样，周望岳排除了近十次影响实验的故障。在实验过程和攻关协作会战中，周望岳始终是一个清醒的现场指挥者，又是一个拼命的实干家。

第十二章　赶超世界

Chapter Twelve

一、向祖国交出一份满意的答卷

1983 年 10 月下旬，锦州石油六厂实施工业生产丁二烯和聚合生产顺丁橡胶的全盘计划，迎来中国顺丁橡胶研制的一个重要关口。锦州石油六厂积极筹备：工业生产要准备好，催化剂生产要近 10 吨。

周望岳在兰州实验室做一些基础研究的准备工作，等待锦州石油六厂准备就绪，他们就去迎接宏伟的中国顺丁橡胶大生产的重要关口。

这天，周望岳拿着一个数据本走进实验室，被医生撞见了。那段时间，单位组织体检，而心电图检查室正对着周望岳的实验室。

医生说："正要找你体检，还担心你回不来。"

周望岳赶忙说："我正忙，体检以后再说。"

医生说："不会耽搁你很多时间，几分钟就可以了。"

周望岳说："真的不行，我要核实一些数据，没这个时间。"

医生说："真的，只要几分钟。"

周望岳说："好，我配合你们，你们快点。"

周望岳放下数据本，随医生走进检查室。

检查结果出来，医生有些担忧，但没有直接告诉周望岳，只是说："你先回办公室休息一小时，我们再做一次心电图诊断。"

周望岳笑着说："不用检查了吧！我身体好得很。"

周望岳对医生伸了伸胳膊，表示他有强壮的体格。

一个小时后，两个医生走进他的办公室，要他去检查。

周望岳："已经检查过了，还检查干吗？"

医生不由他分说，把他推进对面检查室，周望岳的检查结果和一小时前结果一样：右束支完全性阻滞，频繁房性早搏，需要到大医院做进一步检查。

这时，周望岳才意识到自己心脏有问题，其实他以前就有感觉，以前他洗澡，一口气能洗完身上换下的 6 件衣服，现在他需要分三次洗，每次洗衣都感到很吃力。

周望岳去兰州医学院附属医院检查，医生给他做 24 小时动态心电图，第二天他去看结果，发现一昼夜有 4 万多个早搏，平均每分钟有 30 个早搏。除午夜外，都是完全性右束支传导阻滞，被确诊为"疲劳性心脏病"。

周望岳想，难道是自己的心脏怠工了？是谁在跟自己的心脏开玩笑？

周望岳没有想到，心脏问题是他这几年玩命工作造成的。

医院通知周望岳住院治疗。

周望岳说："我不想去医院，人只要住进医院就像被判了刑，很难出来了。"

医生说："你不要命了，不要和自己的身体开玩笑！"

周望岳说："我能吃能喝的，就给我开些药，我回家吃吧！"

医生说："必须住院。"

周望岳说："我嗅不了医院里那些来苏味。"

医生说："不是你说了算，你必须听我们的。"

周望岳说："好吧！那就住两天院吧！"

周望岳刚住进医院，就接到锦州石油六厂的电话，所一切就绪，请周望岳来锦州石油六厂指导工业生产装置的开车运行。

周望岳听了这个消息，喜出望外，锦州石油六厂的技术人员和工人们的工作效率竟会如此之高，不到一个月，工业试生产的前期工作全部完成。

周望岳找医生要求批准出院，医生翻开他的档案，报出一长串检查数据。

医生说："你的心脏病就是长期劳累过度、严重睡眠不足造成的。你不能出院。"

周望岳摸了摸头，这一摸，发现自己秃了头。

周望岳说："这样吧！你先让我出院，等我忙完这个工作后再来住院。"

医生说："你这病就是累出来的，你再去忙就没得院住了。"

周望岳说："你别吓我，但我必须出院。"

周望岳拉着医生的手说："这项发明浓缩了 20 年的波折与艰辛，光中试就失败了 5 次，如果不许出院，我的心理压力与日俱增，任何灵丹妙药都无济于事。"

医生终于被他说服了，医生说："硬要出院，我们也没办法。"医生给他约法三章，其中最重要的一条就是：不能太累，多注意休息。

周望岳说："行，我听医生的。"

周望岳抱了一大包药回到兰州化物研究所，第二天，他带上 405 课题组的科技人员马不停蹄地奔赴锦州。

周望岳和 405 课题组的科技人员到达锦州的那天，锦州石油六厂正在设计年产丁二烯 15000 至 18000 吨的反应器连接生产全过程。

周望岳告诉他们，丁二烯生产包括三部分：前分离、丁烯氧化脱氢反应、后处理。前分离，是指提供原料正丁烯，其中对异丁烯、五碳烃含量有严格要求；丁烯氧化脱氢反应，是指它的参数控制具有严格的指标；后处理，是指有热回放，油吸收塔，丁烯和丁二烯分离塔，以及丁二烯精制塔。

对节省溶剂及提供聚合级丁二烯有严格的质量要求，又包含很高的经济指标。另外，根据中试的产物分析结果，要大胆砍掉炔烃分离塔，以及可省下近三亩地的污水处理池。

周望岳带领 405 课题组的科技人员，检查前分离、丁烯氧化脱氢反应、后处理三个部分，发现一切都符合要求。他带人上去吹扫反应器，装上 7 吨催化剂后，周望岳和 405 课题组科技人员开始检查从催化裂化车间取来的正丁烯原料是否符合要求，检查丁烯原料计量表、空气计量表和水蒸气计量表的校正情况，发现一切符合要求。

周望岳对张国栋说："请你对技术人员和操作工人进行排班。"

张国栋将全体技术人员和工人排成三班倒，做到 24 小时有人值班。

周望岳下令："开始升温。"

锦州石油六厂技术员和操作工人在过去一年多中试实际的运行中，积累了丰富经验，他们操作起来并不陌生。实验中，连续运行正常，反应结果高出中试结果，副产物的分析结果低于预定要求。

过了一周，周望岳发现在按预定的进料量（丁烯原料、空气和水蒸气）控制好反应温度并获得预想的三大指标（丁烯转化率，丁二烯单程收率和生成丁二烯的选择性，以及二氧化碳和一氧化碳的比值）的情况下，水蒸气的计量表计量数不是预定的数值水比丁烯为 8（克分子比），而是水比丁烯为 14（克分子比）。这个问题涉及能耗和生产成本，也就直接影响工艺水平。

美国 Petro-Tex 公司的指标是水比丁烯为 12（克分子比）。如果把 14（克分子比）确定为我国的水平，那么就必然落后于美国了。

周望岳脑海里不断闪现这几十年的历程：生产顺丁橡胶，就这种新工艺本身来说，从制作第一代钼系催化剂到第三代铁系催化剂，从实验室小试到中试放大到工业化，通过设计、实验等一系列工程，经历 20 多年的漫长过程，牵涉到中国许多厂矿企业，经历过数万人的劳动，经历了无数次的失败，走到今天，再不能因一个环节出现问题而导致全盘失败。

周望岳询问仪表工："这是怎么回事呢？"

仪表工说："水蒸气计量表读数是校对过的，不会出错。"

周望岳不能随意推翻仪表工的话，但他心里仍然认为仪表工说得不对。

周望岳自己设计了一个核对用的设备，他找来一个冷却器，一个流量表。他把冷却器接上一个承接冷凝水的容器，在预热器后，反应器前有个支管，平时有阀门关闭，还有盲板保证不漏。这时，打开盲板，安上连接管，将自己设计的一套计量、冷却系统连接上，微微打开闸门，丁烯、空气和水蒸气从支管流出后，经冷凝器，水蒸气就冷凝成水流下来，空气和丁烯流经流量表就可以确定其流量，再按丁烯与空气的比例算出丁烯的量，然后与前面冷却下的水蒸气的水量进行比算，即可知实际的水与丁烯的克分子比。

周望岳在早、中、晚班取了 6 次样，结果都差不多，都是水比丁烯为 8（克分子比）左右。

这就可以确定，实际操作中水蒸气用量符合预定设计值，是水蒸气计量表不对。

周望岳约仪表车间主任一起到现场，找来仪表工校对这块表的全部数据后，又校对计算过程，仪表车间主任经过仔细检查、核对，终于发现仪表工用错了一个数据，而且是一个重要数据。

周望岳的疑虑全部破解。

周望岳通过计算，把数据更正后，再次核对，仪表车间主任正式认定水蒸气的流量后，再来比对每小时的丁烯进料量，其克分子比就是 8，这是一个令人满意的结果，又是一个令人兴奋的数字。

克分子比为 8，美国 Petro-Tex 公司的指标是水比丁烯为 12（克分子比）。这是一个代表中国先进于美国的数字。周望岳脸上露出了笑容，大家的脸上都露出了笑容。

这天上午，周望岳和 405 课题组技术人员，锦州石油六厂的领导、科技人员和工人，来到顺丁橡胶生产线。大家看到了从流程出来的丁二烯生产的顺丁橡胶，从此顺丁橡胶从一个抽象名词变成了具象物体。20 多年了，20 多年的科研终于见证了这一刻，还有什么比这一刻更加激动人心的呢！大家眼里冒出了泪花，周望岳已是热泪盈眶。

这是我国打破国外对"顺丁橡胶工业生产新技术"的封锁

和垄断，从单体到聚合，从小试到中试到工业化，从设计设备制造到建厂生产，30 多个单位，100 多名科学工作者，20 多年的拼搏，独立完成的研究成果。

顺丁橡胶，他们向祖国交出了一份满意的答卷。

《文汇报》1983 年 5 月 23 日报道如下：

新型催化剂中试获重大进展　合成橡胶大量增产有望

周　臻

本报北京五月二十二日专电　对我国合成橡胶工业有重要意义的"丁烯氧化脱氢催化过程"攻关在中间实验中取得重大进展。由中国科学院兰州化物研究所研究成功的新型催化剂，已顺利运转一千五百小时。

丁二烯是合成橡胶的重要单体，以往靠粮食酒精来制取，生产受到很大限制。六十年代国外出现了用石油裂解气中的丁烯经氧化脱氢过程制取丁二烯的新技术。我国科技人员在六十年代中期，也取得研究成果，并于一九七一年在北京建成第一个年产一万五千吨顺丁橡胶厂，以后，又在上海、兰州等地建立了五个万吨级的合成橡胶厂。但是，由于生产过程中污染严重，使一些生产装置被迫停工。

兰州化物研究所从一九七四年起经过五年多努力，研究成功这种新型催化剂，一九八一年通过科学院鉴定。为尽快使这项成果用于生产，这项中间实验被列为科技重点攻关项目，由兰州化物研究所与锦州石油六厂调集人力，紧密协作，终于使中试顺利运转，得到合格的聚合产品。这种新的催化剂的生产过程可以消除污染问题，同时，这种方法还有产率高、能耗少、成本低等优点，仅锦州石油六厂现有的原料和设备，每年就可增产顺丁橡胶一千五百余吨，增加净收入六百万元以上。

全国合成橡胶厂如都采用这种新技术，将使国际市场上十分热门的顺丁橡胶产品的产量有一个较大幅度的提高。

二、赶超世界水平的顺丁橡胶

1983 年 12 月 17 日，国家科委主持的中国科学院和中国石油化工总公司联合组织的丁烯氧化脱氢新催化剂（H-198）国家成果鉴定会暨工业试生产汇报会在北京友谊宾馆大会议室召开。国家计委副主任、原兰州化工公司总经理林华为鉴定委员会主任，石油部副部长侯祥麟为副主任。

林华同志主持鉴定会，与会人员除国家科委和中国科学院领导外，还有 6 位石油、化工界学部委员（今称院士），石油、化工、机械、教育部 6 位部长、副部长以及近 100 名高级工程师与技术人员。

上午国家科委领导致辞，接着周望岳等三人分别宣读三篇学术论文。下午专家讨论发言。

苏贵升说："兰州化物研究所周望岳等科技人员研究的这个新反应的问世，在学术上有很重大的意义，这一新过程的研发成功，是我国石油化工领域中迄今为止第一个，也是唯一一个完全自主完成的生产工艺。"

侯祥麟说:"中国科学院兰州化物研究所发明的一种新型尖晶石类型铁系催化剂,已经在锦州石油六厂的工业生产装置上一次投产,顺利运转,完全具备工业化的条件,为我国的合成橡胶工业的发展做出了巨大贡献。"

林华说:"丁烯氧化脱氢制丁二烯新过程的投入生产,意味着周总理倡导的四大合成橡胶大会战中的大品种——顺丁橡胶首先圆满完成。丁烯氧化脱氢制丁二烯和顺丁橡胶工业生产技术开发成功,不仅解决了国家急需合成橡胶的一条先进生产途径问题,并为碳四烃的分离和综合利用以及为溶液聚合技术提供了理论基础和工业化经验。'顺丁橡胶工业生产新技术'的研究成果,打破了国外的封锁和垄断,形成了我国独立自主的工业化技术,为国家创造了巨大的经济效益。"

最终,鉴定会给出结论:我国 H-198 催化剂流化床技术已跨入世界先进水平,以周望岳领衔研究的顺丁橡胶工业生产新技术,从单体到聚合、从小试到中试到工业化试生产都达到预期效果,中国科学院正式颁发科学技术成果鉴定证书。

《人民日报》1983年12月18日报道：

为合成橡胶工业开拓广阔前景

新一代催化剂用于生产，锦州石油六厂一年受益千万元

陈 东

本报讯 中国石油化学总公司和中国科学院协作攻关的"铁系催化剂（H-198）在流化床上进行了丁烯氧化脱氢的中试开发"12月17日通过鉴定。

丁烯是炼油厂的副产品之一，经过催化脱氢制得的丁二烯是生产合成橡胶的重要原料。六十年代初，兰州化物研究所研制出我国第一代丁烯氧化脱氢的钼系催化剂，当时居于国际领先地位。七十年代初建成工作生产装置，成为我国生产合成橡胶的骨干企业。但是这种催化剂用于生产，经济效益不够理想，环境污染严重。1981年，兰州化物研究所副研究员周望岳等同志经过多年刻苦钻研，又开发了一种活性高、效益好的尖晶石类型铁系催化剂。他们在中国科学院化学部领导下，与锦州石油六厂、兰州化学设计院等单位密切协作，只用两年多时间，就取得了中试放大和工业试生产成功。

参加鉴定会的代表对这一成果给予很高评价：它是我国科研、生产和设计人员紧密结合，依靠自己的力量

独立开发的橡胶品种，从而使我国在氧化脱氢催化剂的开发研究上重新跃入世界先进行列。特别重要的是，它完全适用于国内已有的一些生产装置，例如锦州石油六厂只需花 100 万元的改造费，一年就可增加经济效益上千万元。如果推广到全国，每年可为国家增加收入近亿元。

作者曾经从一篇报道中看到：世界合成橡胶工业始于 20 世纪 30 年代。1962 年，世界合成橡胶消费量首次超过天然橡胶，并一直保持至今。合成橡胶堪称世界交通的基石，初期为天然橡胶的替代品，现已成为所有高性能轮胎不可或缺的原材料。特别是汽车工业被确立为支柱产业后，需要大量轮胎配套带来合成橡胶的巨大需求，为产业的发展带来巨大的动力。在密封、绝缘等领域橡胶也起着不可替代的作用，无论是洗衣机里耐高温高压的橡胶密封件，还是高尔夫球核或三角带、传送带等产品，都需要用到合成橡胶。

三、走进人民大会堂

1986 年 5 月 15 日，周望岳赴北京参加 1985 年度国家三大奖颁奖大会。他刚报到完，被宾馆服务员引进房间，就看见一个身材魁梧的男人翩然而至，周望岳一阵惊喜，大声叫道："张国栋！"这时，张国栋也看到了周望岳，心情格外激动。两位老同学，从顺丁橡胶小试、中试到工业化的流化床，经历无数次的失败与成功，到今天两人一同走进北京人民大会堂领奖，可称为是跨越万水千山后的一次聚首，心情怎能不格外激动！

第二天，周望岳、张国栋走进庄严宏伟的人民大会堂，出席国家科学技术进步奖特等奖颁奖大会。在国家科学技术进步奖评审委员会颁布的《国家级科技进步奖授奖项目》特等奖栏里，与顺丁橡胶研制有关的七个单位并列特等奖。这七个单位分别是：中国科学院兰州化学物理研究所、锦州石油六厂、中国科学院长春应用化学研究所、北京燕山石化公司胜利化工厂、原化工部第一设计院、北京石油设计院、兰州化学工业公司研究所。

周望岳、张国栋代表 7 个单位上台领奖。

周望岳走上主席台，从中央领导手中接过 5 公斤重的国家级科学技术进步奖特等奖奖杯，张国栋从中央领导手中接过特等奖奖状，两人同时领取一枚特等奖奖章。

笔者采访周望岳教授时，他给笔者说了这样一番话："我拿到奖杯的时刻，深切感到这份荣誉并非是我一个人的，而是大江南北、长城内外众多协作单位历经 20 多年共同拼搏的成果。特别是我身边的人，他们的每一声叹息，每一个欢乐的笑容和每一滴汗珠，都是为了国家的'顺丁橡胶'。"

他仿佛又看到林景治和顾则鸣，风尘仆仆去到西安计算机所，对丁烯在铁系催化剂表面附吸态量子化学进行精准计算，从而澄清了不少有关正丁烯三种异构体生成丁二烯的反应速度及产品分布等难以解释的现象和结果。

他仿佛再次看到尹元根为了组建团队，主动承担了由 21 个反应组成的丁烯 -1 氧化脱氢过程的网络动力学计算。

他仿佛再次看到中国科学院太原煤化所杨贵林团队，为氧化脱氢制丁二烯提供首创的挡板流化床，使他完成了 1000 小时的寿命试验，取得中间试验的一整套设计参数。杨贵林团队为推动技术走向工业化并获得成功，功可载册。

他不能忘记苏贵升，20 多年来他一直关心、支持着丁烯氧化脱氢制丁二烯和顺丁橡胶大会战项目，亲自陪中国科学院郭慕逊院士去锦州考察挡板流化床中试，协助国家科委筹备鉴定会，参与编写鉴定证书。否则很难预料在当时如此复杂的形势下该项研究能否获得成功，能否走出实验室，能否取得工业放大并投入大规模工业生产。

他不能忘记红军老战士——张波书记，他在研究所抓科研项目别具特色，在研讨会上提出的建议，让与会人员为之一惊，仿佛身有磁场强烈吸引着周围的同仁兄弟。他抓"142"高能炸药合成配方，抓丁烯氧化脱氢制丁二烯，后来分别获得国家发明二等奖和科技进步特等奖。周望岳在"文革"中受到冲击，他不顾一切出面保护他，保护研究所的一些知识分子。1985年，兰州化物研究所获得大奖全所欢庆时，张波却因心脏病发作谢世，周望岳深深地缅怀他。

毋庸置疑，我国自主建成的"顺丁橡胶工业生产新技术"是全国一条龙大协作的结果。20世纪60年代初到80年代初，在帝国主义封锁下，我国不能以正常贸易引进橡胶生产技术，只有集全国科技主力，对顺丁橡胶生产技术进行科技攻关和大会战，从单体到聚合、从小试到中试、从中试到工业化生产等等，如此浩繁的工程，不是一个人、一个单位能完成的，而是30多家单位，近百位专家、科学家、教授、科技人员共同研究的成果。

顺丁橡胶科研成果是集体智慧的结晶。

如果没有原化工部第一设计院、北京石油设计院、兰州化学工业公司研究院，没有他们对第一代催化剂的第一套工业和中间实验，以及对生产的设计，也就没有后来"顺丁橡胶工业生产新技术"的成功。

长春应化研究所在 1950 年 12 月，合成出新中国第一块氯丁橡胶，先后开展了氯丁橡胶、丁苯橡胶、聚硫橡胶、丁吡橡胶等合成橡胶品种的研究工作，为大型工厂建设和设计提供了重要数据，为开创我国的合成橡胶工业发挥了先锋奠基的作用。后来，长春应化研究所镍系催化剂及顺丁橡胶成为顺丁胶中的王牌胶，国内已利用开发的镍系顺丁胶生产技术，先后在辽宁锦州、北京、山东淄博、上海、湖南岳阳、新疆独山子及黑龙江大庆等地建成七套生产装置，年产量近 30 万吨，中国已成为镍系顺丁胶大国。

1966 年，原化工部第一设计院进行了年产量 1.5 万吨顺丁橡胶生产装置的工程设计，装置在北京燕山石化公司胜利化工厂，当月产出了第一批顺丁橡胶，翻开了我国合成橡胶历史的新篇章。1970 年，北京燕山石化公司胜利化工厂实现大规模生产时，来访的罗马尼亚总统及夫人要求去该厂参观，总统夫人是罗马尼亚化工研究院院长、化工专家，她看了北京燕山石化公司胜利化工厂，十分赞赏。在他们一行参观北京燕山石化公司胜利化工厂的第二天，周恩来专门派人向化工部陪同的工程师询问了总统夫人的反应，他对这一新技术表示十分关切。

北京燕山石化公司胜利化工厂科技人员继续对顺丁橡胶工业生产技术进行攻关，自 1979 年起，燕山牌顺丁橡胶连续三次获得国家质量金奖，产品远销世界 18 个国家和地区。2009 年，燕山石化顺丁橡胶产量达到 14.41 万吨，还生产了 SBS 橡胶 7.91 万吨，丁基橡胶 4.4 万吨，不仅为中国工业橡胶生产了大量的产品，而且成为中国合成橡胶工业的技术研发基地，不断创造着中国合成橡胶工业的奇迹，为中国的现代化建设做出了不可替代的巨大贡献。

在我国独立自主开发的顺丁橡胶投产后，市场占有率随着产量增加而提高，保持在 97% 以上，还出口至欧洲、亚洲、非洲等 187 个国家和地区。截至 2014 年年底，我国利用自主研发的顺丁橡胶生产技术建设了 17 套工业装置，年产量达到 160 万吨，居世界之首。

写一部与科研和科学家有关的书，对我来说是第一次，也是我第一次走进科学、走近科学家，有了向科学家学习的机会。这部书是写顺丁橡胶的，顾名思义，就是橡胶的科研。橡胶，这个看似平凡的物质，光是要弄清它的化学反应和化学实验，都让我感到困难重重。我中学时代学过的那些化学分子式和化学反应，做过的那些化学实验，不仅不能帮助我理解这个看似平凡的橡胶，甚至是连橡胶的一些皮毛都够不到。

科学藏着无声的奥妙，那些枯燥而深奥的分子式、化学实验，离我既遥远又陌生。我只有钻进去，埋下头，向科学家学习，努力把自己变成半个橡胶专家，才能写好橡胶科研这部书。

我的第一个行动，就是钻进兰州化物研究所，生龙活虎地"吞吃"那些科研资料，然后，听他们讲解那些密密麻麻的反应式和一个个化学实验，接着，我对一个个科学家进行采访。我只有一个愿望，就是把最神秘的科学，把他们最大的科研成果，用我最简易的文字表达出来。

顺丁橡胶研究开始于20世纪60年代初，结束在20世纪80年代初。顺丁橡胶科研和科学家的故事离现在已有半个多世纪了，当年那些为中国橡胶事业做出贡献的科学家，有的已经谢世，而健在的，最小的也已有 70 多岁，最大的近 90 岁，他们分布在兰州、上海、杭州、扬州、南京、柳州、青岛、长春、沈阳、锦州、广州、北京等地，我提一个行李箱一站站进行采访。

记得 2017 年 11 月的一天，我从锦州石油六厂结束采访，坐高铁去长春，长春下起了雪。这个月份在长沙还是小阳春，我只穿了件薄毛衣，纷纷扬扬的雪花打在脸上生生作疼，雪中夹带的寒风吹得我的短发一根根竖起。来接车的长春应化研究所娜娜女士连忙递给我一顶毛线帽。我突然看到，这里的女人都戴着毛线帽。女人戴着五颜六色的毛线帽，走在路上，组成一道亮丽的风景。我就这样戴着毛线帽，走进长春应化研究所。

长春应化研究所是最早研究橡胶的一个科研单位，历史厚重，成果显著。在这里，我唯一感到遗憾的是，当年那些从事顺丁橡胶研究的人我一个都找不到了，我只能从他们收集的资料中，从他们的展览厅和档案里寻找他们的足迹。

记得长春应化研究所姜连升的文章里写道：在顺丁橡胶工业的起步阶段，人们不仅付出辛勤的劳动和智慧，而且付出了血的代价。有的工人就算妻子生孩子也未离开工作岗位；有的青年在合成烷基铝催化剂爆炸时致残；有的同志在实验中被丁二烯钢瓶砸致脑伤一直未愈。正是这种不怕牺牲的精神换来了我国独立自主发展顺丁橡胶的工业。

我读到这段文字，非常感动。

　　也是由于时间久远，研究顺丁橡胶的有些单位已联系不上，找不全当年从事橡胶科研的人。如：北京燕山石化公司胜利化工厂、原化工部第一设计院、北京石油设计院、兰州化学工业公司研究院，然而，他们在推动"顺丁橡胶工业生产新技术"走向成功的路上功不可没，中国橡胶事业的发展不会忘记他们。

　　科学工作者与文艺工作者不同，文艺工作者能在现实基础上，发挥艺术家们的艺术想象，而科学工作者则来不得半点浪漫。科学工作者对他从事的每一个实验都要保证严密而精确的数据，一个个看似平凡的实验，一个个看似平凡的数据，都是以上百次甚至无数次的失败才换来的。我记得周望岳教授曾经对我说过的一句话：一次次失败，我们不能被一次次打倒，我们努力从一次次失败中看到希望，这个希望，叫做成功的前奏曲。

　　通过写这部书，我看到了什么是科学精神。我们向科学家学习，就是学习他们的科学精神。

　　写这部书时，我得到了兰州化物研究所周望岳、金振声、杨凤琨、方展盛和锦州石油六厂曹继辉给我提供的原始资料；在写书的过程中，我边写边请教周望岳教授，身处长沙与杭州两地，光是我们的短信来往就有一百多条。在此，我对他们表示一一感谢！

薛媛媛

2018 年 7 月于米地亚家园枫林斋

1978年前后，在方毅同志的支持下，《哥德巴赫猜想》《小木屋》《胡杨泪》等一批反映科学家和科技创新的报告文学作品相继问世，引起了强烈的社会反响。这些被人们认为反映了"科学的春天"到来的激越文字，已经或依然在影响着很多人的人生选择。

2013年5月，中国科学院启动了新一轮机关管理体制改革，成立了科学传播局。在传播局的战略规划中，明确提出创作一批反映科技创新、歌颂科技工作者的高质量文化产品，争取可以传世。在中国作家协会副主席白庚胜同志、中国科学院文联主席（现任名誉主席）郭曰方同志、中国科学院科学传播局局长周德进同志的倡议下，这一想法明确为创作出版一套反映新中国科技成就的报告文学作品。由此，中国科学院、中国作家协会、中国科学技术协会三方达成联合创作一套大型报告文学作品的高度合作共识。2015年1月，中国科学院、中国作家协会、中国科学技术协会主要领导联合会签工作方案，正式将其定名为"'创新报国70年'大型报告文学丛书"。

知易行难。经选题遴选、作家推荐、研究所对接，到2015年11月13日，"创新报国70年"大型报告文学丛书项目举行第一批选题签约仪式，6项选题正式开始创作。其后，项目进入稳步有序的推进阶段，先后组织了4批选题的编创工作。

这是一个跨部门、大联合、大协作的项目，从工作设想到一字一句落墨定稿，数百人为之操劳奔走，为之辛苦不眠，为之拈断髭须。在选题、作家遴选阶段，中国科学院12个分院近60家院属单位提交了选题方向建议，多家研究所主动联系项目办公室，希望承担选题创作支撑任务；白春礼、侯建国、钱小芊、白庚胜、谭铁牛、王春法、袁亚湘、杨国桢、万立骏、陈润生、周忠和、林惠民、顾逸东、王扬宗、彭学明等20余位院士、专家直接参与统筹指导、选题遴选工作，为从根源上保障丛书水准出谋划策；中国作家协会、中国科学技术协会给予项目高度支持，细心考虑多方因素，源源不断地推荐最合适的优秀作家，提供强有力的支撑。

在调研创作阶段，30余位作家舟车劳顿，不辞辛劳深入科研一线调研采访，深挖一人一事。以"青藏高原科学考察项目""东亚飞蝗灾害综合治理""顺丁橡胶工业生产新技术""灾后心理援助十周年纪实""从人工全合成牛胰岛素研究到人工全合成核糖核酸研究""从'黄淮海战役'到'渤海粮仓'""包头、攀枝花、金川综合开发项目""中国植物分类学发展与植物志书编纂""中国科大'少年班'""李佩先生相关事迹"为代表的选题，因涉及年代较为久远，跨越了一代甚至几代人的时光，部分重大工程参与单位遍布全国，部分中国科学院外单位甚至已经取消或重组，探访困难。纪红建、陈应松、薛媛媛、秦岭、铁流、李鸣生、杨献平、彭程、李燕燕、冯秋子等作家，在选题依托单位的支持下，以科研成果为中心，不囿于门户，尽最大可能遍访相关单位和亲历者，尊重历史、尊重科学的初心始终如一。以"从'望洋兴叹'到'走向深海大洋'""从无缆水下机器人研究到'蛟龙'号载人深潜器""猕猴桃属植物资源保护、种质创新及新品种产业化""我国两栖动物资源'国情报告'""中国泥石流研究""文章写在大地上——植物学家蔡希陶""中国北方沙漠化过程及其防治""冻土与沙漠地区工程建设支持西部发展""唤醒盐湖'沉睡'锂资源""澄江生物群和寒武纪大爆发"为代表的选题，采访、调研的客观条件较为恶劣。许晨、徐剑、李青松、裘山山、葛水平、李朝全、毛眉、李春雷、马步升、董立勃等作家，出远海、访林间、探深山、翻石冈、巡雨林、穿沙漠、过盐湖，亲历一线采风，与科研人员同吃同住同工作，以自己的亲身见闻，撰写出最生动的文章。而以"北京正负电子对撞机及二期改造工程""核聚变领跑记：中国的'人造太阳'""从黄土到季风""载人航天工程空间科学与应用""大气灰霾的追因与控制""高福院士和他的病毒免疫学团队""强激光技术""'中国天眼'及南仁东先生事迹"为代表的选题,涉及大量晦涩难懂的基础科学研究及其前沿进展。叶梅、武歆、冯捷、周建新、哲夫、张子影、蒋巍、王宏甲等作家克服极大困难,"跨界"学习自己所不熟悉的科学知识,甚至成了相关领域的"半个专家"。与此同时,中国科学院下属30余家科研院所逾百位分管领导和工作人员任劳任怨、尽职尽责,为作家创作提供支撑保障。如西北生态环境资源研究院办公室副主任岳晓,曾十余次陪同作家前往一线采访,包括环境艰苦恶劣的青海格尔木站和北麓河站(海拔4800米)、宁夏中卫沙坡头站、新疆天山冰川站和阿勒泰站等。

在审读定稿阶段,科学界、文学界近150位专家参与审读工作,为高质量作品的诞生提供有力保障。"冯康先生及其家族对中国科学技术的贡献"选题作家宁肯在书稿初稿创作完成后,秉着精益求精的态度,充分尊重各方建议,先后进行了三次重大调整,所付出的精力与调研创作时不相上下。"周立三先生对我国国情研究的贡献"选题作家杜怀超对作品精雕细琢,根据审读意见不断修改完善,对笔误也一一审校订正,力争做到尽善尽美。

"创新报国70年"大型报告文学丛书的创作出版工作,已历时五年。这五年中,科学与文学相互激荡、科学家与文学家激情碰撞。这些"碰撞",也成为开展工作的难点所在。例如,书稿标题的拟定，是应当更平实，还是更富文学性？一项科研工作，是应当尽可能全面展示，还是选取最具可读性的片段施以浓墨重彩？一个或多个工作团队中，应当展现什么人物？又该重点展示这些人物的哪些方面？凡此种种，在成稿之前，作家和科研人员都展开了无数轮"激烈"讨论，经过多方考虑才达成一致。这些或大或小的"碰撞"，在编写过程中，是大家的焦虑所在；在最终呈现给大家的这套书中，也许将是最精华之所在。处理或有不周，但作为一种"跨界"的磨合，相信读者会读出不一样的精彩。

"创新报国70年"大型报告文学丛书项目办公室设在中国科学院科学传播局，联合中国作家协会创联部、中国科学技术协会调宣部共同开展统筹协调工作。项目执行单位先后设在中国科学院计算机网络信息中心、中国科学院文献情报中心。前前后后，数十人为之操劳奔忙，他们是中国科学院的杨琳、胡卉、储姗姗、李爽、陈雪、崔珞、王峥、孙凌筱、张颖敏、岳洋，中国作家协会的高伟、范党辉、孟英杰，中国科学技术协会的孟令耘等。这个团队持续跟踪选题创作和审读进展，及时发现问题、解决问题，付出了大量的时间和精力，保障了丛书的顺利出版。

感谢中国作家协会、中国科学技术协会、中国科学院以及浙江教育出版社的精诚合作，感谢各位专家、作家和工作人员对此项工作的辛勤付出，相信"创新报国70年"大型报告文学丛书的出版能够有力地传承科学文化，推进科技与人文融合发展，弘扬社会主义核心价值观和新时代科学家精神，为实现中华民族伟大复兴的中国梦发挥出独特作用。

"创新报国70年"大型报告文学丛书项目组

2019年6月

图书在版编目（CIP）数据

国事橡胶 / 薛媛媛著. -- 杭州 ：浙江教育出版社，
2019.9（2019.12 重印）
（"创新报国70年"大型报告文学丛书）
ISBN 978-7-5536-9357-6

Ⅰ．①国… Ⅱ．①薛… Ⅲ．①报告文学－中国－当代
Ⅳ．①I25

中国版本图书馆CIP数据核字(2019)第162143号

"创新报国70年"大型报告文学丛书

国事橡胶
GUOSHI XIANGJIAO

薛媛媛　著

策　　划：周　俊
责任编辑：郑　瑜　杨洁琳
责任校对：赵露丹
责任印务：沈久凌
出版发行：浙江教育出版社（杭州市天目山路 40 号　邮编：310013）
图文制作：杭州林智广告有限公司
印刷装订：浙江海虹彩色印务有限公司
开　　本：635 mm×965 mm　1/16
印　　张：17.25
字　　数：190 000
版　　次：2019 年 9 月第 1 版
印　　次：2019 年 12 月第 2 次印刷
标准书号：ISBN 978-7-5536-9357-6
定　　价：68.00 元
联系电话：0571-85170300-80928
网　　址：www.zjeph.com